La Foret des ténèbres

Nina Coustenoble

© 2015 Nina Coustenoble

Éditeur : BoD-Books on Demand, 12/14 rond point des Champs Élysées, 75008 Paris, France
Impression : BoD-Books on Demand, Norderstedt, Allemagne
ISBN : 978-2-322-04213-5

Dépôt légal 10-2015

A ma famille et à mes amis

Prologue

J'étais là, étendu dans une mare de sang …de mon sang. Les larmes coulaient sur mes joues.
J'avais enlevé le poignard de mon ventre et je m'étais laissé glisser sur le sol.
La flaque de sang était bien assez grande maintenant cependant, je ne mourais pas, mais je continuais de souffrir. On dit souvent que la souffrance est pire que la mort et là, c'était le cas.
Les arbres gigantesques m'entouraient de leurs branches. Mais ils n'avaient rien de réconfortants ; cette forêt était sombre et maléfique. C'était dans les ténèbres que j'allais mourir. Je voyais les ombres de mes agresseurs s'en aller dans la nuit. Il fallait que je les arrête, mais j'avais échoué. Que deviendra ce monde ? Et moi, que vais-je devenir ? Et mon père ? Et ceux qu'il y a quelques mois, je ne connaissais pas encore. Je repense à cette fille aux yeux aussi noirs que cette forêt, aussi noirs que les ténèbres. Dans la

souffrance, je revois tout ce que j'ai mal fait dans ma vie, et je regrette tout ça.

Mais il est difficile de penser à ça quand on est allongé sur la terre et dans le sang.

Je vois la lune, sans doute pour la dernière fois de ma vie ; puis je meurs.

Chapitre 1

Le réveil sonne et je fais semblant de ne pas l'avoir entendu. Normal, c'est la rentrée. Malheureusement, mon père, lui, l'a entendu.
– Edouard, descends tout de suite !
Je ne l'écoute pas. D'ailleurs, cela fait des années que je ne l'écoute plus; depuis la mort de maman en fait …
Oh non, il monte ! Mon père rentre dans la porcherie qui me sert de chambre et chaque fois, il se pince le nez devant l'odeur.
– Edouard Frédéric Henry Casmère, je ne le répéterai pas dix fois.
Ouah, s'il croit que c'est en prononçant mon nom en entier qu'il va m'impressionner. Mais je me lève quand même. Je prends un pantalon au hasard, sans me soucier de savoir s'il est propre ou pas, et je l'enfile. Je traîne jusqu'à la salle de bains où je me peigne vite fait et me mouille le visage. Avec mon

allure de voyou et mes cheveux en bataille, je sais que personne ne voudra sortir avec moi un jour. Il est 7h46, ce qui veut dire que dans quatre minutes, mon bus arrive. Je mets donc mon blouson en jean fétiche et mes baskets crados et je pique un pain au chocolat. J'ouvre la porte et je vois mon meilleur ami Erick en face de moi.
– Salut, dit-il.
– Salut mon pote.
Et je sors de la maison sans avoir dit au revoir à mon père. Mon cartable est presque vide et je n'ai aucune envie de le remplir de livres et de cahiers. Les pires inventions de torture de tous les temps. Vous avez compris que l'école, ce n'est pas vraiment mon truc. J'ai quatorze ans, je dois donc passer le brevet. Si je n'ai pas encore redoublé, c'est uniquement parce qu'Erick est toujours nommé délégué, mais les professeurs m'ont averti que cette année, ils ne me feront pas de cadeaux. Mais comme ce matin, j'ai fait le sourd d'oreille. L'obéissance n'est pas ma qualité, par contre, je sais me faire des amis. J'ai beaucoup d'amis. Je me range avec ma nouvelle classe. Chacun bavarde, se raconte ses vacances. Personnellement, je suis resté chez moi. Je n'ai pas pu aller en vacances. De toute façon, avec mon père, ça n'aurait pas été la fête.

En fait, ma mère est morte quand j'avais neuf ans dans un accident de voiture.

Du coup, mon père et moi avons déménagé ici, à Irigny près de Lyon. Bien qu'il soit agent immobilier, il nous a choisi une maison à quatre pièces vraiment moche.

« On est que tous les deux, pas besoin d'un palace, m'avait-il dit. »

C'est au collège que je me suis adapté, grâce à mes amis mais depuis, mon père et moi, nous ne nous parlons plus.

En classe, monsieur Clément, mon professeur principal, se présente. Il nous raconte sa vie en fait. Puis, il nous distribue nos emplois du temps. Il est comme d'habitude, nul. L'emploi du temps ou le prof ? Ma lecture de cet emploi du temps est interrompue par quelqu'un qui frappe à la porte.

– Entrez, crie le prof !

Une jeune fille de mon âge entre dans la pièce. Elle a de longs cheveux blonds qui lui tombent sur les épaules, des yeux noirs profonds. Elle dégage quelque chose de terrible, d'effrayant et de mystérieux. Monsieur Clément la reconnaît.

– Ah, vous êtes la nouvelle élève, Gila Graine ?

– Oui monsieur.

Au son de sa voix, je devine qu'elle est méfiante et mal à l'aise. Soudain, la nouvelle me regarde pendant cinq secondes. À ce moment-là, il se passe quelque chose, à ce moment-là, je sais qu'elle a quelque chose de spécial.
– Très bien, continue monsieur Clément, asseyez-vous là au deuxième rang.
Et il indique la place juste devant moi. Gila s'assoit et monsieur Ne-se-tait-jamais continue son discours :
– Bien, maintenant, nous allons faire les binômes.
Mes amis et moi discutons sur le choix des binômes. Erick, lui, décide finalement de se mettre avec Louis.
– Gila, votre binôme ?
– Je n'en ai pas, monsieur.
– Allons, je sais que c'est une nouvelle élève mais vous êtes en nombre pair alors quelqu'un veut bien se mettre avec Gila ?
Personne ne lève la main. J'entends certains se demander pourquoi cette fille a atterri dans cette classe. Mais Monsieur Clément perd patience.
– Gila, où habitez-vous ?
– Ici, à Irigny.
– Timothée, tu vis à Irigny toi aussi, mets-toi avec elle.
– Oh…. non, murmure celui-ci.

On voit bien qu'il a vraiment peur. Sans savoir pourquoi, je lève la main.
— Ah Edouard, merci.
Gila se retourne pour me regarder une nouvelle fois, mais cette fois, elle a l'air surprise. Mes amis me regardent comme si j'étais devenu fou.
C'est là que la cloche sonne.

La récré est une délivrance. J'en profite pour rejoindre mon groupe de copains. Ils sont là avec quelques filles de notre classe. Quand il me voit, Bruno, le gars le plus populaire, notre leader, fonce vers moi.
— T'es fou de vouloir être le binôme de cette fille !
— Qui, Gila ?
— Ben oui, Gila.
— Qu'est-ce que vous avez contre elle ?
— Attends, tu ne sais pas qui est son grand-père ? me dit Sonia.
— Non, vous connaissez la famille de la nouvelle ?
Bruno m'explique :
— Son grand-père vivait à Irigny depuis toujours comme ses ancêtres. Il passait ses journées sur une chaise à fixer la forêt. Le vieux Grégory est un fou, tout le monde le sait. C'est mon père qui me l'a dit. Il était à l'école avec son fils, un certain Robert, ce

type est super bizarre et apparemment, il a déménagé à Lyon, il y a environ vingt ans. Il est revenu avec sa famille pour l'enterrement du papy et ils ont hérité de la maison.

— D'accord, mais quel est le rapport avec Gila et son grand-père ?

— T'as pas vus ses yeux, s'étonne Erick ?

— Si, ils sont noirs, très noirs.

— C'est comme ça qu'on reconnaît les possédés, dit Florian.

— Les possédés de qui ?

— Du Diable bien sûr, assure Bruno.

C'est moi ou mes amis ont pété un plomb ?

— Ses yeux sont noirs comme les enfers. Le vieux Grégory avait les mêmes. Et mon père dit que son fils aussi, affirme Bruno.

Je trouve que mes amis exagèrent un peu. O.K, ses yeux ne sont pas normaux mais quand même, ils me déçoivent sur ce coup-là. Je baisse la tête pour ne pas croiser leur regard. D'une étrange façon, cette fille m'attire.

La récré est finie, nous allons assister à notre premier cours. Je fais exprès de croiser Gila pour regarder ses yeux. Mes amis avaient raison, ils sont noirs comme les ténèbres. Mais ce n'est pas une raison pour dire qu'elle est possédée. Quand on

rentre dans la classe, je me mets à côté d'elle dans le fond. De toute façon, je n'aime pas être devant. Mme Maryse, notre professeur d'espagnol, se présente et nous demande chacun à notre tour de nous présenter. Lorsque c'est au tour de Gila, celle-ci se lève et commence à se présenter en espagnol. J'apprends qu'elle est fille unique et qu'elle vivait à Lyon, enfin ça je le savais déjà, Bruno me l'a dit. Je la trouve très intelligente et ça me plaît, pourtant en temps normal, je déteste les gens qui ont une telle facilité à retenir les leçons alors que pour moi, ouvrir un livre est une torture. La vérité me frappe soudain. Je suis en train de tomber amoureux. Je n'aurai jamais pensé que ça l'arrivera un jour. L'ennui, c'est que depuis que l'on a annoncé les binômes, Gila ne me regarde plus et elle ne m'adresse pas la parole. Elle se comporte avec moi comme avec les autres, elle m'ignore. Et ça, ça me fait mal. Elle est assise à côté de la fenêtre et elle n'arrête pas de fixer l'horizon. Elle a l'air tendue. Sa manche glisse et je vois apparaître sur son bras une blessure. On dirait qu'elle s'est coupée plusieurs fois.
Gila a remarquée mon manège et elle s'empresse de descendre sa manche jusqu'à son poignet. Elle me fusille du regard, mais je ne comprends pas pourquoi, je n'ai rien fait après tout. Prudent, je

chuchote.
— Salut, je m'appelle Edouard.
Gila ne bronche pas, mais je continue.
— Moi, je vis à Irigny depuis toujours, même si j'ai changé de maison entre temps. Et Lyon, c'est bien comme ville ?
Gila serre ses poings si fort que ses phalanges en deviennent blanches. J'ai comme l'impression qu'elle se retient de me frapper. Et puis, elle se calme et je n'ajoute pas un mot. Mais je suis furieux, elle aurait pu me répondre quand même.
La journée se termine. Et aussi bizarre que ça puisse paraître, j'ai hâte de retourner à l'école. Pour la revoir. Pour pouvoir lui parler et pour qu'elle me réponde. Je la vois monter dans un bus et partir. Oui, j'ai hâte d'être à demain.

Chapitre 2

C'est décidé, aujourd'hui je vais lui parler. Je suis devant mon miroir, je ne sais pas quoi me mettre. J'ai un peu honte parce que, normalement, c'est un problème de filles. Avant, je prenais tout ce qui me passait sous la main. Je ne suis plus du tout le même ; j'ai l'impression d'être plus tendre mais en même temps plus fort. Je suis invincible. Pendant que je mange mes céréales, mon père me regarde, surpris. Il faut dire que j'ai mis mon plus beau jean et une belle chemise comme si c'était la photo de classe. Bien entendu, j'ai gardé mon blouson fétiche, un peu sale. C'est vrai que je suis un peu fatigué et nerveux, car je n'ai pas dormi de la nuit, donc pour une fois, je ne vais pas être en retard à l'école. Heureusement, mon père ne me pose pas de questions et j'entends Erick sonner à la porte. Quand il me voit, il écarquille les yeux.

– Qu'est-ce qui t'est arrivé cette nuit ?
Je ne réponds rien et nous marchons tous les deux jusqu'à l'arrêt de bus. Erick me regarde de haut en bas et de bas en haut.
– Alors, c'est qui cette fille ?
Décidément, les copains nous connaissent par cœur. Mais je n'ai pas oublié qu'il s'était rangé du côté des autres pour critiquer Gila.
– Tu ne veux pas me le dire.
Il a l'air vexé mais tant pis. De toute façon, le bus arrive.

Elle est là, juste en face de moi. Ses yeux noirs me regardent avec intensité.
Derrière elle, il y a une forêt très sombre, aussi noire que les yeux de Gila.
J'ai l'impression que les arbres aussi me regardent. Je m'approche jusqu'à ce que je vois ce qui coule sur les joues de Gila. Des larmes …

Je me réveille brusquement et je me rends compte que je m'étais endormi dans le bus. C'est Erick qui m'a donné un coup de coude pour me prévenir qu'on était arrivé. Je bondis hors du bus, je veux à tout prix retrouver Gila. Elle est sous le préau et elle me voit arriver. J'ai vraiment l'impression qu'elle ne

m'aime pas. Je commence à peine à ouvrir la bouche quand elle me dit :
– Tu es Edouard Casmère ?
– Heu….
Mince, je ne pensais pas qu'elle me parlerait, maintenant je m'embrouille.
– T'as perdu ta langue ? se moque-t-elle.
– Oui, enfin non, mais si, enfin c'est moi Edouard Casmère.
Je souris bêtement. Gila pouffe. Bon au moins, j'ai réussi à la faire rire. D'un autre côté, je me suis montré parfaitement ridicule. Mes amis et d'autres personnes que je ne connais pas ont assisté à la scène et me regardent bizarrement.
J'essaye de me calmer un peu. Je demande à la nouvelle :
– Alors, finalement tu ne m'ignores pas ?
Elle paraît surprise, car elle fronce les sourcils. Finalement elle dit :
– Toi, tu ne m'ignores pas alors que tu devrais.
Je rêve, elle me sourit. Elle est si jolie quand elle sourit. Je profite de ce moment. Un moment un peu gâché car tous les élèves sous le préau nous regardent comme si nous étions des extra-terrestres. Bon, je me lance.
– Gila, comme t'es nouvelle et qu'on est binôme, on

pourrait devenir amis tous les deux, enfin si tu veux. J'ai pas envie qu'elle sache que je craque pour elle alors qu'on ne se connaît que depuis hier et puis, être amis, ça me convient très bien….pour l'instant. Mais sa réponse fut brève.
– Non.
– Pourquoi, tu ne m'aimes pas ? Tu peux me le dire tu sais.
– Je n'ai pas le droit de te parler ni de t'approcher.
– C'est stupide !
– Si tu veux vivre, non.
Et elle me plante là. Je suis abasourdi. Je ne suis pas sûr d'avoir tout compris. En fait, j'avais raison, cette fille est vraiment mystérieuse. Et en même temps, elle me fiche les chocottes. Bruno, Erick et toute ma bande de copains arrivent.
Erick me lance.
– Alors, c'est elle, cette fille.
– Quoi ?
– Erick nous a raconté ce qui t'arrivait, dit Bruno, mais t'es fou.
– Vous n'allez pas recommencer avec cette histoire débile de possédés. C'est bon, Gila est une fille normale, c'est tout.
- Tu ne sais pas ce que je sais. Elle est en train de te tendre un piège. Tu seras vite possédé toi aussi ou

pire …tué.
— Ouah, j'ai trop peur, dis-je, d'un ton ironique.
— Tu fais le malin mais moi, j'essaye de te protéger, mon pote.
— Ouais, ben t'es pas mon père.
Je le repousse et je vais vers ma classe qui commence à se ranger. Erick est le seul à me rejoindre.
— Edouard
— Va-t'en, je ne veux plus te parler !
Je le pousse, lui aussi. Il me regarde d'un air dépité. Je ne m'arrête pas, mais j'entends Bruno me dire :
— Ta mère, elle, elle est retournée dans le droit chemin.
Qu'est-ce qu'il me raconte ? Et de quel droit parle-t-il de ma mère comme ça ?!
Je retourne sur mes pas et je frappe Bruno de toutes mes forces. Il tombe par terre. Son menton saigne et il me regarde avec plein de haine.
— T'as vu, elle est déjà en train de te transformer en démon !
Je lui crache dessus et je pars me ranger.

C'est le week-end et je m'ennuie profondément. Alors, pour la première fois de ma vie, je range ma chambre. Je retrouve toutes mes affaires sales. C'est-

à-dire presque toute mon armoire. Mais je retrouve aussi des objets et de la nourriture et je ne sais pas du tout ce que ça fait dans ma chambre, il y a un peigne, une mouche morte et même un tube de ketchup. Il m'a fallu en tout trois heures pour ranger ma chambre et être en sueur. Mon père, me voyant tout essoufflé, me conseille de faire du sport. Et moi, je lui réponds que ce ne sont pas ses affaires. Et c'est comme ça qu'une nouvelle dispute éclate pleine d'injures (venant de moi) et de claques (venant de mon père). Ma scène préférée, c'est la fin, le moment où je sors de la maison et où je marche jusqu'à me perdre. Bon d'accord, là, je me suis vraiment perdu. Je continue de marcher, mais je ne reconnais pas les rues. Au bout d'un moment, je me retrouve hors de la ville, dans un champ. Et soudain, devant moi, se dresse une forêt. Les arbres ont quelque chose d'étrange et d'inquiétant. Ils sont tout noir, ce qui n'est pas vraiment logique. Je réalise que c'est la forêt que j'ai vue en rêve. Je commence à avoir mal au ventre sans aucune raison mais malgré la douleur, je m'approche. Une force irrésistible me pousse à entrer à l'intérieur de cette forêt noire. Et puis, derrière moi, une personne m'avertit.
– Je n'irai pas là, si j'étais toi !
Je me retourne et je vois Gila. Elle porte aujourd'hui

un pantalon en cuir noir et un gilet bleu marine, elle est toujours aussi belle. Elle a l'air en colère, mais je ne comprends pas pourquoi.
– Pourquoi je demande, tu es déjà allée dans cette forêt ?
– Non, et c'est mieux comme ça.
J'allais lui poser une nouvelle question quand, tout à coup, le sol se mit à trembler. Gila me prit le poignet si fort qu'elle me fit mal et me cria :
– Viens !
Nous nous cachons maintenant derrière un rocher. Pour voir la scène la plus étrange que j'ai jamais vue. Des hommes arrivent, chevauchant des sangliers !? Impossible de savoir s'il y avait des femmes dans cet étrange cortège, car ces créatures avaient de trop longs poils et elles dégageaient une odeur désagréable. Elles tiennent dans leurs mains des armes en bois qui ont l'air quand même très pointues. Elles entrent dans la forêt. Quand nous sommes bien sûrs qu'ils sont partis, Gila et moi sortons de notre cachette. Gila n'a pas l'air étonnée, juste terrifiée. Je demande:
– Quelles sont ces choses ?
Bien sûr, je ne m'attends pas à avoir une réponse, pourtant Gila réfléchit intensément. Puis, elle me prend à nouveau le poignet et me dit :

– Viens avec moi.
Et elle m'entraîne avec elle.

On marche pendant cinq minutes. Gila me tient fermement le poignet et je ne peux m'empêcher de demander.
– Où va-t-on ?
– Chez moi, je vais te présenter à ma famille.
Heu c'est pas un peu rapide ? Heureusement que j'ai dit cette phrase dans ma tête parce qu'elle n'aurait pas compris. On arrive en face de sa maison. Sa maison est vraiment grande et très jolie, rien à voir avec la mienne. À côté de la bâtisse, se trouve la forêt noire et j'ai peur de voir réapparaître les monstres de toute à l'heure. Gila me pousse jusqu'à la porte. Une vieille dame vient nous ouvrir. Elle a des cheveux blancs, des yeux marrons plus foncés et plus perçants que les miens et une peau ridée. Elle a l'air sévère et me regarde avec mépris.
– Gila, c'est ta grand-mère ?
Elle ne me répond pas, mais je vais prendre ça pour un oui. Je parie que c'est la femme du vieux Grégory, car son regard semble éteint. Elle nous laisse entrer.
– Père et mère ne sont pas encore rentrés ? demande Gila.

Je suis choqué de savoir que Gila est si bien élevée qu'elle appelle ses parents « pères et mère ».
- Non Gila, mais ils ne vont pas tarder. Pourquoi tu ne ferais pas visiter la maison à notre invité, dit la vieille en me jetant un regard mauvais, moi je vais préparer votre goûter.

Je suivis Gila, heureux de ne plus rester à côté de cette femme. Gila me fit visiter. Le rez-de-chaussé était composé de l'entrée avec le grand escalier blanc de la cuisine (je ne m'y attardais pas, car la grand-mère y était, et non, je n'ai pas peur d'elle), de la salle à manger/salon sûrement la plus grande pièce de l'histoire de l'humanité et une véranda spacieuse. À l'étage, se trouvaient trois chambres et une salle de bains. La chambre de Gila était bleu-gris comme la mienne mais beaucoup plus rangée. La chambre était étrangement vide. Il n'y avait que des meubles et quelques vêtements dans la penderie. À voir la tête de Gila, je compris qu'il ne fallait pas poser de questions.

Nous étions descendus dans le salon. La grand-mère nous servit deux tasses de thé et des biscuits. Je ne pus m'empêcher de dire :
– Merci grand-mère.

La vieille dame n'apprécie pas mon humour. Elle me fusille du regard et rentre dans la cuisine. Personne ne parle, tout est silencieux. Le thé est brûlant. Gila regarde dans le vide et sursaute quand on sonne à la porte. La grand-mère ouvre la porte et un homme aux cheveux et costume gris avec des lunettes de soleil (en automne ?) entre.

— Bonjour père, salue Gila.

C'est le père de Gila, celui qui était dans la même école que le père de Bruno. L'homme enlève ses lunettes et je peux voir ses yeux aussi sombres que la forêt de toute à l'heure, les mêmes yeux que sa fille. Il est sur le point de saluer à son tour sa fille quand il me voit. Il devient alors fou de rage.

— Qui est ce garçon ? Pourquoi l'as-tu amené ici ?!

— Il a vu les Chasseurs.

Le père s'adoucit. Moi je ne comprends pas du tout ce qui se passe. Je ne sais même pas ce que je fais ici. Une nouvelle personne fait son apparition. C'est une femme aux courts cheveux blonds, aux yeux verts clairs et à la peau blanche et lisse. Elle porte une longue robe rouge à paillettes.

— Galaad, comme je suis contente, dit-elle d'une voix qui me transperça les oreilles.

La femme serre Gila dans ses bras. Je crois bien qu'elle est en train d'étouffer, mais elle finit par lâcher sa proie et se tourne vers moi.

— Bonjour jeune homme. Robert, je croyais qu'on ne

devait JAMAIS recevoir de visites.
– Il a vu les Chasseurs, répondit celui-ci.
– Ah…dans ce cas, enchantée, je suis la mère de Gila.
Cette femme a carrément pété un plomb ! Comment Gila fait pour survivre dans cette famille ? Nous nous installons tous dans le salon. Le feu crépite dans la cheminée.
La présence de la famille de Gila me met mal à l'aise entre la grand-mère à l'œil sévère, le père strict et la mère complètement hystérique. Si, en plus, le grand-père était fou… Sa mère parle beaucoup, d'une voix monstrueusement aiguë. La prochaine fois que je viens ici, il faudra que je pense à ramener des bouchons d'oreilles.
– Alors Gila, présente-nous ton ami, minaude-t-elle.
Gila ne dit rien, c'est donc moi qui prends la parole.
– Je m'appelle Edouard Casmère, madame. Je suis le binôme de votre fille.
– Seulement…, dit Mme Graine un peu déçue, enfin bon, dis-nous autre chose sur toi, quel est le métier de tes parents ?
C'est exactement le sujet dont je ne veux absolument pas parler. Gila et sa grand-mère ne disent pas un mot et je devine qu'elles auraient préféré être partout ailleurs…sauf ici. Monsieur

Graine réagit avant moi.

— Sa mère, Émeline, était policière. Elle a épousé un certain monsieur Casmère, il y a une quinzaine d'années.

— Vous…vous connaissez mes parents ?

— Ta mère est mon amie d'enfance. Je vais souvent sur sa tombe. C'est bien triste ce qui lui est arrivée, c'était une femme incroyable. Tu vois petit, elle cachait à tout le monde, sauf à moi, qu'elle était aussi enquêtrice de phénomènes paranormaux.

— Je ne le savais pas. Et comment vous êtes-vous connus ?

— Eh bien, justement, parce que nous ne sommes pas normaux.

À ces mots, les femmes se crispèrent. Apparemment, à part monsieur Graine, les autres ne supportaient pas cette différence.

— Je suis parfaitement normale, s'indigna sa femme, mais mes copines trouvent que j'ai changé depuis que je t'ai épousé. Elles ne savent rien de notre vie, ni de comment ton père est mort. Toute cette souffrance pour garder un si gros secret.

— Quel secret ? je demande.

La femme prit conscience que j'avais tout écouté et s'adresse à son mari du regard. Celui-ci finit par dire :

— De toute façon, il les a vus.
— Vous parlez des Chasseurs. Qui sont-ils ?
Personne ne dit rien. C'est le père qui prit une nouvelle fois la parole.
— Les Chasseurs sont des hommes, des femmes et des enfants assez faibles pour que le Diable contrôle leur esprit. Il les guide jusqu'à son repaire, la Forêt des Ténèbres ou comme on l'appelle aussi, La Forêt Sombre. Là-bas, le mal entre en eux et ils deviennent cruels. Ils deviennent les disciples du Diable. Ils veulent détruire le monde des vivants, notre monde.
— Mais pourquoi personne ne fait rien ?
- Parce que c'est un secret que seuls nos ancêtres connaissent. Ils vivaient dans cette maison à côté du repaire du Diable et ils ont pu bénéficier d'un pouvoir. Un don qui permet de créer une barrière pour empêcher les Chasseurs de sortir piller et brûler les villes. Alors oui, pour toi, ce pouvoir n'est pas très impressionnant, mais il a le mérite d'être utile. Nos ancêtres avaient reçu ce don et leurs yeux étaient devenus noirs en signe de leur pouvoir. Mon père surveillait la forêt tous les jours mais un soir, les Chasseurs ont réussi à détruire la barrière et ils l'ont tué. Quand ma femme et moi l'avons appris, nous avons emménagé ici car c'est mon rôle à présent de faire en sorte que ces monstres

retournent dans leur cage. Sinon ils détruiront tout.
Je n'ai jamais entendu une histoire aussi incroyable et aussi cool. Je comprends maintenant pourquoi la forêt semble si maléfique. Et moi qui étais à deux doigts d'y entrer.
– Je peux vous aider ?
– Il n'en est pas question. Gila est entraînée, pas toi. Tu retournes chez toi et tu t'enfermes jusqu'à ce que la situation soit réglée. C'est clair ?
Je boudais comme un enfant de quatre ans. Monsieur Graine me raccompagna jusqu'à la porte. Gila, elle, me tint compagnie jusqu'à la grande grille noire. Cela nous prit du temps car, de devant, son jardin faisait bien deux kilomètres ! On s'arrêta et on se fixa. Je voulais rester, mais je ne pouvais pas.
– On se revoit à l'école, dit-elle.
– Oui mais Gila, j'ai besoin de vous aider. Je ne vais pas rester les bras croisés quand je sais que l'humanité va être détruite.
– Oh ne t'inquiète pas, ce ne sera pas toute l'humanité. Ils ne savent pas se servir des transports en commun.
– Je ne trouve pas ça drôle. Je ne veux pas qu'il t'arrive quoi que ce soit.
Pourquoi j'ai dis ça moi ? Je suis complètement fou.
– Je suis maudite et je te porterais malheur. C'est à

toi qu'il arrivera quelque chose.
Elle referma la grille et s'en alla, me laissant seul. Je me mis en marche jusqu'à chez moi. Mon père m'attendait. Il se fâcha très fort pour le temps que j'avais mis à rentrer. Je ne l'écoutais pas et montai dans ma chambre. Je m'allongeai sur mon lit et pris mon MP3. La musique était envoûtante. Je fermai les yeux.

Dans la forêt, plusieurs créatures attendent des ordres. Une forme qui n'est pas vraiment une forme d'ailleurs, murmure ces paroles.
« Vous savez ce qu'il faut faire. Continuez vos attaques. Les Graine viendront sûrement. Si c'est le cas, débarrassez-vous d'eux. »
Les monstres hochent la tête et s'en vont.

Je me réveille en sursaut. Mes cauchemars commencent à être fréquents.
Je suis en sueur. Je m'écroule épuisé.

Chapitre 3

Cela fait une semaine que j'ai découvert la vérité sur la famille Graine. Néanmoins, aucune trace de Chasseurs à l'horizon. Mes cauchemars ne doivent pas être réels. Chaque jour, j'ai hâte d'aller étudier, car je sais que Gila m'aide à réviser mes leçons.
On passe tout notre temps ensemble malgré le fait qu'on ne devait pas se fréquenter. Gila me raconte que son père parle beaucoup de moi et c'est normal, s'il a connu ma mère. Je ne passe plus du tout de temps avec mes copains. C'est à cause d'eux qu'elle s'est forgée une sale réputation dès le premier jour. Gila s'en fiche, ce sont juste des ignorants. Quand ils sauront que c'est la fin du monde, il sera trop tard. J'évite de parler de ce sujet sensible avec ma nouvelle amie. J'en ai marre que lorsqu'elle passe dans les couloirs, les gens l'insultent ou s'enfuient.

Certains lui disent de retourner en enfer, ce à quoi elle répond :
– J'y suis déjà.
Elle a du cran cette fille, je l'admire. Pendant les récrés, nous parlons de la seule activité qu'on fait en dehors de l'école: pour moi, les jeux vidéos et pour elle, la lecture. Je lui explique tout sur Lovecraft, Les Miss, Zele, Mario…Gila me force à lire un livre. Je lui promets d'essayer même si je n'y crois pas trop.
La prof de mathématiques m'a interrogé aujourd'hui. Grâce à Gila, j'ai eu 10/10, une note que je n'ai pas eu depuis mes sept ans, je vous le jure. Mes anciens amis n'ont pas compris. La prof est étonnée, et Gila est ravie tout comme moi. Par contre, le soir, quand elle n'est pas là, il est hors de question d'ouvrir un livre d'école. Et oui, la torture est toujours là. Alors ce soir, j'ai décidé de lire le livre qu'elle m'a prêté.
Devinez combien de lignes j'ai lues…deux. Maintenant je dors.

On est le matin et je me rends compte que j'ai dormi habillé. Au moins, je n'ai pas fait de cauchemars. Je vois le livre de Gila, mais je ne sais plus combien de pages j'ai lues. Bon, je lui dirais que j'ai lu deux chapitres. Je sors sans avoir pris ni douche, ni petit-déjeuner. Le bus n'arrivant pas avant une demi-heure, j'enfourche mon vélo. Erick ne vient plus me chercher chez moi depuis une semaine. Mon père m'a demandé pourquoi et je lui ai répondu « laisse-moi vivre ! », c'était la première fois depuis longtemps que je ne l'insultais pas. Je repense au temps où on était proches tous les deux… Parfois, on se faisait une petite journée entre hommes. On partait tôt le matin (oui ça peut faire bizarre mais à une époque, je me levais tôt) et on revenait le soir. Maman nous préparait toujours un bon petit plat ces soirs-là.

Elle était belle, maman, avec ses boucles châtains, sa bouche rose et ses yeux bleus pâles. Elle n'aurait pas dû mourir, c'est trop injuste. Voilà que je pleure maintenant. Oh et puis zut, je fais demi-tour, je ne vais pas au collège aujourd'hui. Je rentre chez moi et j'allume la télé. Cette fois, pas de films, mais je vais voir s'il n'y a pas eu d'accidents aux infos.

« Les pompiers ont dû intervenir plusieurs fois dans de nombreux quartiers de Lyon. Depuis le mois d'août, il y a eu de nombreux incendies. Les pyromanes n'ont toujours pas étés identifiés, mais ils semblent avoir quitté Lyon depuis quelques jours déjà. »

Minces, ils sont allés où alors ? Les Chasseurs ont

l'air d'aimer les grandes villes, on dirait. Il faut que j'en parle à Gila. Non, ça ne sert à rien. Elle doit déjà être au courant. Je ne sais pas quoi faire. Gila ne veut pas que je l'aide. À quoi je servirais, de toute façon ? Je ne sais me battre que sur un écran. Est-ce qu'un pistolet en plastique pourrait leur faire du mal? J'en doute…Je passe le reste de la semaine à chercher une solution, sans résultat.

C'est dimanche, j'ai terminé de faire quelques devoirs (car je ne compte pas faire tous mes devoirs). Je n'ai jamais été un excellent élève mais quand j'étais petit, ma mère m'aidait à faire mes devoirs, avant je n'étais pas un cancre mais un petit garçon heureux. Ce matin, je me suis levé tôt. Il fait beau, le temps idéal pour sortir. Mais ce n'est pas mon genre de me balader sauf après une dispute avec mon père.
Mon portable sonne, j'espère que c'est Gila.
– Bonjour Edouard, comment vas-tu ?
– Monsieur Graine, bonjour, ça va et vous ?
– Si se battre contre des Chasseurs, c'est aller bien, alors je pète la forme.
– Vous vous battez contre des Chasseurs ?!
– Pas encore, mais ils ont commencé à attaquer Nice. Je me demandais si tu voulais te joindre à

nous ?
– Oh bien sûr.
– Bien, ne bouge pas, on vient te chercher.

Il raccroche. Je me demande bien comment il a eu mon numéro. Gila a dû le lui donner. Finalement, je vais participer à la bataille, si ça se trouve, je réussirais à sauver des vies. Faut pas rêver non plus. J'annonce à mon père la nouvelle, mais je ne lui parle pas de l'épisode des monstres sanguinaires au service du mal et les Graine viennent me chercher. Je m'installe à l'arrière. Mince, l'hystérique est placée entre Gila et moi.

– Ravie de te revoir, Edouard.

Je lui souris pour qu'elle croie que je suis content aussi. Par contre, je ne comprends pas pourquoi on a emmené la mamie. Sûrement parce que nous ne sommes que cinq et que les Chasseurs, eux, sont une centaine ! Je suis pressé d'arriver, ce qui n'est pas normal, sachant que je m'approche peut-être de plus en plus de la mort. C'est maintenant le stress qui me ronge quand nous arrivons. Nice est une très belle ville. Enfin, je suppose, parce qu'à part du sang et des flammes, je ne vois pas grand-chose. Les gens crient et courent dans tous les sens. Monsieur Graine se retourne vers nous pour nous donner ses ordres.

— Bon, au boulot. Christina et moi allons de ce côté voir s'il n'y aurait pas des Chasseurs. Maman, tu t'occupes des enfants, tu les surveilles de près. Le garçon ne doit pas faire de bêtises. Les enfants, surtout ne cherchez pas les Chasseurs. Vous devez juste faire sortir les gens des maisons. Surtout celles en flammes.

On doit faire le métier de pompier en fait. Un père normal ne devrait pas inciter sa fille à aller dans les flammes, mais ils n'ont pas l'air d'être très « sécurité » dans cette famille. Gila me prend par le poignet (ça commence à devenir une habitude). Nous allons dans les rues, et Gila finit par rentrer dans une maison en train de brûler. Je la suis après avoir jeté un coup d'œil derrière moi. Je ne vois plus la grand-mère. Bonjour la surveillance des adultes. À part des flammes et des murs, je ne vois absolument rien. J'arrive à distinguer un peu Gila, mais elle file vite. Le feu m'empêche d'avancer plus loin. Bon, qu'est-ce que je fais maintenant ? Je crois que je vais sortir. Je tousse, je me cogne et je me brûle sur plusieurs parties de mon corps. En rebroussant chemin, je remarque, recroquevillé dans un coin, un petit garçon qui ne doit pas être plus âgé de sept ans. Je lui prends la main, et je l'entraîne vers la sortie. Nous sommes tous les deux enfin à l'air libre.

Je respire à fond l'air frais et je fais asseoir l'enfant. Mes vêtements sont noircis et j'ai plusieurs brûlures sur les bras, les mains et le visage. Gila, elle aussi, a fait sortir des flammes une femme et deux bébés. Un homme bien bâti vient à notre rencontre et enlace la femme. Il nous remercie beaucoup d'avoir sauvé sa famille. Gila et moi le saluons et nous courons. Au passage, je retrouve la grand-mère occupée avec des Chasseurs. Elle leur lance une sorte d'herbe qui semble les repousser. Gila se retourne vers moi, sûrement pour savoir pourquoi je traîne et pousse un cri. Au même moment, je sens qu'on me frappe sur la tête. Je tombe et je regarde le porteur de ce coup. C'est un Chasseur. De près, il est encore plus effrayant. Celui-ci est un homme presque nu, mais de toute façon il n'a pas besoin de vêtements vu que ses poils noirs cachent l'intégralité de son corps. Ses yeux ne sont pas noirs mais rouge. Il dégage de la haine et aussi une odeur de pourriture qui me donne envie de vomir. Il est descendu de son sanglier. Soudain, il brandit sa hache au-dessus de moi. J'ai peur que ma dernière heure soit arrivée. Mais ce n'est pas moi qu'il vise… c'est Gila. Elle semble avoir compris, car elle s'enfuit à toutes jambes. Le monstre lance sa hache. Le manche frappe Gila à la tête et elle s'écroule par

terre. Monsieur Graine arrive à ce moment-là avec sa femme. Il défit le démon du regard. Celui-ci finit par s'en aller. La vieille nous rejoint. Monsieur Graine la réprimande.
– Pourquoi tu n'étais pas avec les gosses !?
– Des Chasseurs m'ont attaqué. Les enfants ne devaient pas s'y mêler, c'est toi qui l'as dit.
– Mais leur chef a blessé ma fille !
– Mais leur chef n'était pas le Diable ? je demande.
– Si, mais lui, on l'appelle Hunter, ça veut dire chasseur en anglais. C'est celui qui est en tête de cette armée de monstres.
– Ah d'accord, mais maintenant qu'est-ce qu'on fait ?
– Notre mission ici est terminée. On a fait ce qu'on a pu. Il ne nous reste plus qu'à rentrer pour soigner Gila. Alors en voiture !
Je presse le pas sachant que Gila ne va pas bien. La mère me réconforte.
– Tu t'en es très bien sorti aujourd'hui.
Cette femme est excentrique et stupide mais au moins, elle est gentille. C'est pas comme la grand-mère qui cherche à se débarrasser de moi. Cette fois, c'est cette dernière qui s'installe à l'arrière, elle sait sans doute mieux soigner les gens que nous. Madame Graine se place donc devant avec son mari.

Gila gémit, ça ne me plaît pas.
Je regarde par la vitre de la voiture, les Chasseurs sont en train de quitter la ville. Les gens sont sauvés mais les pompiers auront tout de même beaucoup de travail et la police aussi. Je ne crois pas qu'ils seront ravis s'ils apprennent que les auteurs de ces forfaits sont des créatures au service de quelqu'un qui n'est pas censé exister. Nous sommes l'après-midi. Il fait chaud. Mais la journée n'a pas été aussi ensoleillée. J'ai quand même sauvé un petit garçon.
– Monsieur Graine, pourquoi Hunter voulait tuer Gila et pas moi ?
– Le Diable savait qu'on allait venir. Il veut tuer notre famille, car il sait que nous sommes les seuls à pouvoir combattre les Chasseurs. Toi, tu as un avantage, c'est qu'il ne sait pas qui tu es.
– Tout ça, c'est de ma faute. J'aurai dû vous prévenir. Tout ça s'est passé dans mon rêve.
– Quoi !?
– Une nuit, j'ai rêvé de l'ordre que donnait le Diable pour vous tuer si vous veniez.
– Comme c'est étrange.
J'ai l'impression qu'il me cache quelque chose. Je ne m'inquiète pas trop, car ce n'est pas la première fois que je fais des rêves prémonitoires. J'en faisais déjà quand j'étais petit. Mais je me sens mal de ne pas les

avoir prévenus. Maintenant Gila souffre à cause de moi.

Par la vitre, je peux voir le ciel, où je distingue des formes noires qui s'approchent.

Chapitre 4

Ces formes ne sont rien d'autres que celles de grands oiseaux noirs qui volent dans le ciel. Pourtant, j'ai comme l'impression qu'ils s'approchent de nous. Christina, la mère de Gila prévient son mari.
– Robert, regarde.
Comme il conduit, il regarde par les rétroviseurs. Son visage s'assombrit.
– Ce sont des oiseaux envoyés par le Diable ! Accrochez-vous !
Et la voiture accélère, je suis fixé à mon siège. Les oiseaux noirs commencent à nous attaquer. Ils cognent les vitres avec leur bec, ce qui fait des fissures. Certains sont même encore plus diaboliques, car il nous lance des pierres. J'espère que cette voiture est résistante. Heureusement, nous

sommes sur une route de campagne et cette route est complètement déserte. La grand-mère ouvre la portière et balance ses herbes à l'extérieur sur les démons. Une fumée verte se répand mais ça ne fait strictement rien aux volatiles, on dirait même qu'ils grossissent. À croire qu'ils se nourrissent de plantes.
– Dîtes, c'est quoi ce que vous lancez ?
– De l'herbe mélangée avec un ingrédient secret. Mais crois-tu vraiment que c'est le moment de poser des questions ?
– Je posais juste la question.
– Edouard, intervient monsieur Graine, reste tranquille !
J'en ai marre qu'il me donne des ordres. Il va falloir qu'il s'habitue à être désobéi, vous connaissez mon caractère.
– Heu, grand-mère, pourquoi vous vous arrêtez ?
– Je n'en ai plus, et cesse de m'appeler grand-mère. Robert, si tu n'as pas de solution, on est perdu.
Son fils ne répond rien. Madame Graine, vexée que son maquillage se soit défait avec toutes ces secousses, essaie de se remaquiller comme si c'était la meilleure chose à faire. Je suis sûr qu'on va tous mourir. En passant ma main sous mon siège, je trouve un frein à main. Il a dû se casser et monsieur Graine avait dû le mettre ici pour le changer. Mais

qu'importe comment il est arrivé là.
– Monsieur Graine, ça vous ne dérange pas si je me sers de ce vieux frein à main tout cassé ?
– Non, mais je ne vois pas le rapport…
– O.K merci.
Et je sors par ma portière. J'essaye de m'agripper du mieux que je peux. J'entends monsieur Graine crier.
– Edouard, reviens ici tout de suite!
Comme si j'allais le faire. Je me retrouve enfin sur le toit de la voiture. L'automobile s'arrêta, je peux donc me tenir debout sans tomber. Je tiens dans ma main mon arme improvisée. Les oiseaux d'abord curieux finissent par se jeter sur moi et c'est à ce moment-là que je me rends compte de ma stupidité. Mais qu'est-ce que je fais ? Pourquoi je me tiens ici avec ces monstres prêts à me tuer ? Je suis stupide ou quoi ? Mais plus question d'avoir peur. Je vais plumer ces volatiles. Ou du moins les frapper avec ce frein. Grâce à ça, aucun d'eux n'arrive à me toucher. Des plumes noires malodorantes tombent sur mes épaules ce qui m'arrache une grimace. Monsieur Graine avait cependant raison, le Diable ne me connaît pas et il ne sait pas qu'un adolescent de quatorze ans défie ses disciples. Maintenant les oiseaux m'ont identifié comme leur ennemi. Leurs yeux rouges me fixent avec méfiance et ils s'écartent

de mon chemin en redoutant le prochain coup. Ils veulent mon sang, et moi je veux juste qu'ils s'en aillent. Je vomis sur le toit de cette belle voiture noire qui a dû coûter une fortune. C'est pas ma faute, ces plumes me donnent envie de vomir. Je me redresse, mais il est trop tard, l'un d'eux fonce sur moi les serres en avant, prêt à m'étriper. Je ferme les yeux, prêt à souffrir, quand une main m'attrape et me pousse à redescendre dans la voiture. Une fois en sécurité, Gila me lâche et me gifle. Sa main est froide, mais ma joue devient chaude. Elle s'énerve.
— Tu es fou ou stupide ?
Je baisse les yeux. Dehors, les oiseaux sont toujours là. Ils volent plus bas et nous suivent. Qu'est-ce qu'ils attendent ? Nous sentons tous quelque chose tombait sur nous et soulever la voiture. Super, maintenant on vole. J'espère juste qu'aucun vieux au cœur fragile ne se trouve dans le coin sinon il risque d'avoir une crise cardiaque s'il voit une voiture volante.
— Edouard, regarde ce qui se passe !
Je suis les recommandations du père de Gila. J'ouvre ma vitre et je sors ma tête à l'extérieur. J'ai aussitôt un hoquet de frayeur. Ce qui nous soulève est en fait un gigantesque oiseau noir identique aux autres mis à part sa taille, bien entendu.

– Mince, on trouvait que les autres étaient déjà assez gros mais celui-là bat des records.

Tout le monde me regarde incrédule, mais ils ont compris. Mon frein à main ne servirait à rien, il ne blesserait même pas l'oiseau. Si seulement il y avait l'arme qu'il fallait sous mon siège. Ma main vérifia à nouveau et je finis par sortir une épée. Gila la voit et écarquille les yeux. La grand-mère me fixe avec ses yeux soupçonneux. Je remonte alors sur le toit, et commence à taper sur les serres de ce monstre. Il finit par lâcher la voiture. L'automobile dégringole. J'ai agi une nouvelle fois sans réfléchir, sans penser aux conséquences. Et maintenant, on va s'écraser comme des crêpes.

On atterrit dans un grand boum mais c'est tout. Nous descendons pour constater ce qui a amorti notre chute. Je me rends compte que je marche sur un truc gluant noir plein de sang et de plumes. Les oiseaux étaient restés en dessous de nous et se sont fait écraser. Je lève la tête pour voir ce qu'est devenu le grand oiseau noir. Ce dernier s'est enfui, sûrement à cause de l'épée coincée dans son ventre. Dans ma chute, je l'avais lancée et apparemment elle a atterri au bon endroit. Sans un mot, nous retournons sur la route en laissant derrière nous la bouillie d'oiseaux noirs.

Gila est allongée sur le canapé du salon. Sa mère et sa grand-mère l'entourent. Elle a de la chance d'avoir une vraie famille. Moi, j'ai bien mon père, mais il ne compte plus vraiment dans ma vie. Monsieur Graine me tient l'épaule, puis il me demande:
– Tu t'es bien débrouillé Edouard, à part le moment où tu as failli nous tuer dans la voiture.
– J'espère que vous pourrez réparer votre auto, monsieur.
– Dis-moi, où as-tu trouvé l'épée ?
– Sous mon siège, pourquoi ?
– Cette épée n'est pas à nous.
– C'est impossible.
– Je ne comprends pas plus que toi. Mais je te promets que, quand j'aurai élucidé ce mystère, tu seras le premier au courant.
Il est l'heure de rentrer chez moi, même si je n'en ai pas envie. N'empêche que j'ai besoin de repos. La journée a été fatigante. Mais l'histoire de l'épée me tracasse. Je me rappelle qu'elle est apparue juste au moment où j'ai eu besoin d'elle. La chance a été de mon côté aujourd'hui. J'ai une sensation bizarre et je suis persuadé que monsieur Graine sait quelque chose. Je n'ai pas envie de ne pas lui faire confiance

car je commence à l'apprécier. Et il est le meilleur ami de ma mère, enfin il l'était. Monsieur Graine a raison sur un point: j'ai failli tuer tout le monde en voulant me battre. Je suis trop impulsif, ils le savent. Suis-je vraiment celui qui peut les aider ?

L'énorme bête se pose en douceur, écrasant quelques arbres au passage. Sa blessure au ventre saigne et l'épée n'est toujours pas retirée. L'espèce d'esprit rouge sang le traite de bon à rien. On dirait que l'oiseau communique avec lui. L'esprit qui, d'habitude ne cesse de bouger, s'arrête. Il a compris ce qu'a dit l'oiseau blessé.
« Un jeune garçon ? Qui est-il ? Pourquoi traîne-t-il avec eux ? Que sait-il ? »
Le blessé ne répond pas, il n'en a aucune idée.
« Pour combattre un ennemi, il faut d'abord le connaître. Disparais maintenant, je vais questionner les arbres, eux ils savent tout. »
L'oiseau disparaît en poussière et les arbres bougent leurs branches comme pour répondre à l'esprit.
« Edouard Casmère … »
L'esprit réfléchit pendant de longues minutes. Enfin il dit.
« Edouard Casmère, qu'importe qui il est, il mourra comme tous les autres. »
Et son rire diabolique résonne dans toute la forêt.

Je tombe de mon lit. Si mes cauchemars sont réels, il y a de fortes chances que je sois en danger. J'ai si peur que je ne parviens pas à me rendormir. Toute la nuit, je ne pense qu'à cet esprit couleur de sang qui sait à présent mon nom.

Chapitre 5

Le lendemain, ça ne va pas mieux. Je tremble et je suis épuisé. Quand mon père me demande ce qui ne va pas, je ne lui réponds pas. J'hésite à aller à l'école, car je ne veux pas qu'on me voie dans cet état. Devant le miroir, je m'aperçois que je suis très pâle. Mais il faut que je me ressaisisse. Je vais voir Gila et lui dire que je suis désolé mais que je ne peux plus faire de missions, car je fais beaucoup trop de cauchemars et qu'à part aggraver les choses, je n'arrive à rien. J'ai l'impression de laisser tomber mon amie, mais je sais qu'elle comprendra.
Gila m'attend sous le préau et je cours la rejoindre. On se salue, elle aussi n'a pas l'air dans son état normal.
– Gila, il faut que je te dise quelque chose …
– Moi aussi j'ai un truc à te dire, mon père m'a dit

quelque chose sur toi et …
– Edouard, faut que je te parle !
C'est Bruno qui m'appelle. Il s'est écarté des autres, ce qui veut dire qu'il veut me parler seul à seul. Il me tire par la manche avant que j'ai pu prononcer un mot. Gila le fusille du regard. Bruno fait celui qui n'a rien remarqué et lorsque nous sommes seuls, il me dit:
– Edouard, t'étais où hier ?
– Pourquoi ?
– Erick est venu te parler chez toi, mais ton père a dit que t'étais pas là, que t'étais chez les Graine.
– Et alors ?
– Tu faisais quoi avec eux ?
– On est allé jouer au golf.
– Tu te moques de moi ?!
– Non.
– Avoue qu'ils t'ont fait du mal. C'est pour ça que t'as cette tête-là.
– Non, c'est faux.
– Edouard, pourquoi tu aimes cette fille ?
– J'en sais rien. C'est comme ça.
La cloche sonne. Bruno hésite à rester, car il veut encore me parler. Il me balance donc une dernière phrase:
– Ne fais pas les mêmes erreurs que ta mère,

Edouard.
Il s'en va. Franchement il m'énerve, déjà qu'il m'a emmené alors que Gila s'apprêtait à me dire un truc super important, et en plus, c'est la deuxième fois qu'il parle de ma mère alors qu'il ne la connaît même pas. Du coup, toute la journée, j'oublie ce que je voulais dire à Gila. Mais elle accepte que je la raccompagne chez elle.

L'école est finie. Gila et moi prenons nos vélos dans l'abri du collège et nous partons sans un mot. Cette balade est agréable mais mes muscles se fatiguent vite, car la maison de mon amie est loin. Elle n'a aucun voisin, sa maison est plantée au milieu de la verdure et à côté de la forêt des ténèbres, bien sûr.
— Pose ton vélo devant la grille, me recommande-t-elle.
Je luis obéis. Gila descend de son vélo et traverse la grille, je la suis. Les oiseaux chantent dans les arbres (des oiseaux normaux sur des arbres normaux, ouf) mais j'ai l'impression qu'il craigne quelque chose parce qu'ils s'envolent dans la direction opposée de la nôtre. Mes craintes se confirment quand on est presque devant la maison. Gila lâche son vélo, pétrifiée. Je ne sais pas ce qui la met dans cet état jusqu'à ce que je regarde ce qui se tient devant nous.

Un grand arbre qui doit provenir de la forêt Sombre, car sa couleur ne trompe pas, se tient là, en plein milieu du sentier, ce qui n'est pas vraiment normal. En fait, depuis l'arrivée de Gila, j'ai pas vu grand-chose de très cohérent. Voilà pourquoi les petits oiseaux se sont enfuis. Cet arbre est dangereux parce que c'est le Diable qui l'a envoyé ici. Sans que j'aie le temps de réagir, le monstre commence à bouger ses branches. L'une d'elle me donne un coup dans le ventre, ce qui me propulse contre un autre arbre, qui lui, ne fait pas d'arts martiaux! Dans ma chute, mon dos se cogne très fort contre le sol et je peux apercevoir l'arbre très têtu bouger une autre de ses branches. Celle-ci s'enroule autour de Gila et la fait tourbillonner dans les airs, de quoi la faire vomir. Ses racines sortent du sol et l'arbre s'enfuit dans la forêt en tenant toujours sa victime qui continue de hurler. Ce monstre est vraiment lâche de s'attaquer à des plus petits que lui mais allongé par terre, je ne peux rien faire, sinon crier de toute mes forces.
— C'est pas vrai ! Qu'on lui coupe ses racines à cet arbre de malheur!
Celui-ci doit m'entendre, car il revient au pas de course. Je suis sûr qu'il vient m'achever mais au lieu de ça, il commence à tomber. Heureusement, son tronc n'écrase pas mon amie, qui finit par se délivrer

de l'étreinte de la branche. Seules ses racines ne s'écrasent pas sur le sol; elles continuent de bouger et s'enfuient sans demander leur reste. Le tronc et les branches restent immobiles. Gila accourt vers moi en criant mon nom. Mais ma douleur à l'estomac me fait tellement souffrir, que je tourne de l'œil.

Les racines de l'arbre arrivent devant l'esprit. Elles semblent s'incliner devant lui et lui parler.
« Que racontes-tu ? Edouard Casmère a réussit à briser ton tronc! Comment est-ce possible ? »
Encore une fois, on ne peut lui répondre. La partie qui reste de l'arbre disparaît ne pouvant plus servir à rien.

Mes yeux s'ouvrent avec beaucoup de difficulté. Je suis allongé sur un canapé. Gila et sa famille m'entoure et je sens un chiffon mouillé sur mon front.
– Ah, j'ai cru que tu n'allais jamais te réveiller, dit monsieur Graine.
Je me redresse doucement, ce qui ne m'empêche pas de souffrir le martyre au niveau du ventre. Madame Graine m'oblige à rester allongé pendant que la grand-mère trempe à nouveau le chiffon. Gila se jette dans mes bras en évitant ma blessure. Je

demande:
— Combien de temps j'ai dormi?
— Deux heures, affirme Robert, le Diable a envoyé cet arbre encore une fois pour nous nuire. Si ça se trouve, il sait déjà qui tu es.
Je parviens à me redresser en position assise.
— Qu'est-ce qu'on fait à présent?
— Rien du tout. On reste discret, surtout toi. Je vais appeler ton père pour qu'il te ramène quelques affaires ici. Tu vas dormir chez nous cette nuit. Comme ça, je suis sûr qu'il ne t'arrivera rien. On est en sécurité ici.
Je suis rassuré surtout que je suis invité chez eux, ce qui me fait très plaisir. Quelque chose me tracasse cependant à propos de tout à l'heure.
— J'ai crié très fort que l'arbre n'ait plus de racines et ça a marché. C'était très bizarre.
— C'est vrai, dit Gila, il avait commencé à m'emmener, quand soudain il a fait machine arrière et il est tombé. Edouard m'a sauvée la vie.
Monsieur Graine prend un air grave. Gila me fixe avec compassion et je peux voir ses blessures sur le visage. L'arbre ne l'a pas épargnée, on dirait. Le silence s'installe dans la pièce. Au bout de quelques secondes, Monsieur Graine se décide.
— Qu'importe, tout ça, c'est du passé. Maman

prépare un repas pour cinq personnes. Christina, sors le matelas pour Edouard et mets-le dans la chambre de Gila. Ma fille, quant à toi, tu restes avec ton ami. Je vais attendre monsieur Casmère.
Quoi, comment ça qu'importe ?! Il s'est passé la chose la plus étrange du monde et personne ne dit rien ! Je commence à croire qu'on me cache vraiment quelque chose. Un quart d'heure plus tard, mon père débarque avec un sac et un oreiller. Je ne viens pas à sa rencontre pour ne pas qu'il sache que je vais mal. Ils se serrent la main. Je lis un peu de mépris dans le regard du père de Gila, mais mon paternel ne s'en aperçoit pas. De toute façon, monsieur Graine n'a rien à lui reprocher. Alors pourquoi ce regard ? En plus ils se connaissent à peine. Le soir de ma rencontre avec les Graine, j'ai discuté d'eux avec mon père. Il m'a dit que la seule fois qu'il avait vu monsieur Graine et ses parents, c'était à son mariage. Il savait que Robert était le meilleur ami de sa femme, cependant, lui et maman ne leur avaient pas rendu visite depuis. Je comprends néanmoins ce que ce regard signifie. Monsieur Graine n'aime pas mon père. Moi, si je ne l'aime pas, c'est parce qu'on est brouillés tous les deux, mais lui, je ne comprends pas pourquoi il lui en veut. Je me pose beaucoup trop de questions et je

me promets d'avoir bientôt les réponses. Mon père est parti. Je peux enfin fouiller dans mon sac. Il ne manque rien, il a même mis mon portable pour que je puisse le joindre en cas de souci. Le truc, c'est que je n'ai pas enregistré son numéro. Je le regrette un peu maintenant. Gila m'interdit de monter les escaliers. Elle prend mes affaires et grimpe en haut. Je suis tout seul dans le grand salon. Soudain, j'entends une voix m'appeler.
– Psss petit.
La voix provient de la porte de la cuisine entrouverte. C'est la vieille. Il n'y a qu'elle pour m'appeler « petit ». Elle ne me parle pas beaucoup et quand elle le fait, ce n'est jamais pour me dire un truc gentil. J'ai bien compris qu'elle me déteste. Pourtant là, sa voix est différente. On dirait qu'elle veut me dire quelque chose. Super, enfin quelqu'un qui veut bien me parler. Je rentre dans la cuisine. Malgré les ordres de monsieur Graine, rien n'est en train de cuire. La grand-mère est restée derrière la porte jusqu'à ce que je sois seul. Je lui demande :
– Vous voulez me parler ?
– Oui, je sais que tu te poses des questions sur ce qui s'est passé tout à l'heure. Robert ne veut rien te dire, mais moi, je vais le faire.
– S'il vous plaît, dites-moi.

– C'est à propos de ta mère, Edouard.
De ma mère ? Zut je croyais qu'elle me parlerait de cet accident, c'est ça que j'ai besoin de savoir.
– Quoi, ma mère ?
– Émeline, c'est à cause d'elle que tu es comme ça, que tu fais tous ces cauchemars.
– Je ne comprends pas. Qu'est-ce que vous avez tous à parler de ma mère ? Je sais qu'elle était enquêtrice de phénomènes paranormaux et qu'elle était l'amie d'enfance de votre fils mais…
– Oh non, ils étaient beaucoup plus que cela.
– Quoi ?
– Robert et elle sortaient ensemble.

Chapitre 6

Je reste bouche bée, incapable de prononcer le moindre mot. Ces paroles me font un choc. Je n'arrive pas à y croire. Mr Graine m'a juste dit qu'il était son meilleur ami.

— Comment ? Enfin, pourquoi il ne m'a rien dit ?
— Il ne voulait pas c'est tout. Ils n'ont jamais étés amis et encore moins d'enfance.
— Racontez-moi.
— C'était des adolescents à l'époque. Émeline avait déjà une passion pour les événements hors du commun. Elle vivait près d'Irigny mais n'avait jamais remarquée mon fils alors qu'ils étaient dans le même lycée. Des personnes d'ici lui avaient parlé de la forêt anormale et elle avait décidé d'y jeter un coup d'œil. C'est là que Robert l'a vu. En tant que gardien, il lui a dit de s'en aller, mais elle

revenait toujours. Jusqu'à ce qu'il finit par lui révéler notre secret.

Je suis étonné d'apprendre que Mr Graine est dit son secret comme ça, aussi facilement. Il devait vraiment être amoureux de ma mère.

— C'est aussi ce jour-là que j'ai rencontré ta mère. J'avais confiance en elle. Elle était belle et intelligente. Je savais qu'elle garderait notre secret. Après ça, ils sont sortis ensemble. Leur relation était difficile à cause de la mauvaise réputation de mon fils, mais ils s'aimaient tellement que personne n'aurait pu les séparer.

— Alors pourquoi ont-ils rompu ?

— Vers la fin du lycée, quand ils commençaient à parler de leur avenir, Émeline a révélé son secret à elle.

— Et c'était quoi ce secret ?

— Elle avait un don. Parfois quand elle disait ou pensait quelque chose, ça se réalisait. Dans ses rêves, elle pouvait voir des événements du présent et du futur. Toi aussi tu as le don.

Elle disait vrai: mes rêves prémonitoires, l'épée, les racines… Et quand Bruno m'a dit que ma mère s'était remise dans le droit chemin, il parlait de sa relation avec un démon qui n'en était pas un.

— Alors c'est ma mère qui a rompue ?

- Après avoir eu son bac, Émeline est allée voir Robert pour lui annoncer qu'elle avait fait un cauchemar. Une vision du futur.
- Et c'était quoi cette vision ?
- Elle a prédit que son fils mourra.

- Sérieux !?
- Oui et elle pensait que ce serait aussi celui de Robert et que s'ils se séparaient, son fils survivrait.
- Et donc …
- Robert ne voulait pas la quitter, mais il n'avait pas le choix. On a revu Émeline à son mariage avec ce Jérémy. Je l'ai tout de suite détestée.

Jérémy, c'est le prénom de mon père. Je comprends mieux pourquoi elle me déteste aussi. Je ressemble trop à mon père apparemment. La vieille dame continue.

- Il n'était pas pour elle. Pendant le buffet, je suis allée voir ta mère pour lui demander si elle aimait vraiment cet homme. Elle m'a répondue: « bien sûr que oui, mais pas autant que Robert. » Robert a finit par se marier avec Christina, et Gila est née.

Je lis la tristesse sur son visage. Je sais que Mr

Graine a dû souffrir toutes ces années en pensant à l'amour qu'il avait perdu. Cela explique aussi le dégoût qu'il a pour mon père. Et dire que ce dernier croyait que sa femme et Mr Graine étaient seulement amis.

— Il passe beaucoup devant sa tombe je suppose.
— Exact, et pendant ces moments-là, il ne fait que pleurer.

J'ai moi aussi envie de pleurer, car cette histoire me fait trop penser à maman. Elle me manque tellement. Je sors de la cuisine mais la grand-mère me rattrape.

— Tiens prend ça.

Elle prend ma main et dépose un morceau d'écorce noir. Je reconnais l'arbre qui a faillit me tuer.

— Qu'est-ce que…?
— Un arbre même mort, garde ses pouvoirs. Si tu as besoin de savoir quelque chose, tu n'as qu'à serrer ceci dans ton poing. Tu auras tes réponses. Les arbres savent tout.

C'est ce que j'ai entendus dans un de mes rêves. Quatorze années que j'ignore posséder un pouvoir. Même mon père j'en suis sûr, ne le sait pas. La vieille Mme Graine retourne dans la cuisine préparer le repas. Je mets le morceau d'écorce dans ma poche. J'entends Gila descendre.

— Tout va bien Edouard ?
— Oui ça va, mentis-je.
— Viens, on va dresser la table.
Je la suis, le cœur serré.

La table de la salle à manger est si grande, que Gila et sa famille sont loin de ma chaise. La mamie nous sert des lasagnes. C'est un plat que j'adore mais ici, pas question de lécher l'assiette avec ses doigts ; pour ça, il y a du pain. Gila pose sa serviette sur ses genoux au mieux de la mettre autour de son cou. Décidément, cette famille est beaucoup trop distinguée pour moi. Le repas se déroule dans le silence. Ils ne sont pas très bavards dans cette maison. J'oublie vite ma tristesse de toute à l'heure. Je suis si heureux d'être là, entouré de ma VRAIE famille. Alors bien que personne ne parle, je passe un bon moment. Dehors le tonnerre gronde et la pluie tombe. Je me demande si les Chasseurs détruisent les villes même par mauvais temps. Sans doute…
La meilleure soirée de ma vie continue dans la chambre de Gila. Qu'est-ce qu'on rit. J'en oublis de lui révéler le secret de nos parents. Mais je ne veux pas gâcher cet instant magique. Après la bataille de polochon et les blagues (bon d'accord, cette soirée

ressemble beaucoup trop à une pyjama partie), Gila et moi, nous nous racontons des épisodes de notre vie. Allongé sur le matelas et elle sur son lit. Un moment, Gila me demande où j'aimerais habiter plus tard.

- Heu je ne sais pas, j'aime beaucoup cet endroit à part qu'il y a le mal incarné comme voisin. Et toi ?
- Tu veux dire si j'étais normale, je crois que je vivrais sur une île, j'adore les îles.
- Pourquoi tu veux être normale ?
- Je n'aime pas être différente et devoir risquer ma vie à longueur de temps.
- Je sais que c'est difficile de ne pas être aimé.
- Quand je t'ai vue la première fois, c'était bizarre. Je rentrais dans une nouvelle école, mal dans ma peau, différente comme toujours. Et puis je t'ai vue. Tu me regardais différemment des autres élèves. Et pour la première fois de ma vie, je me sentais normale.
- C'est incroyable! Moi quand je t'ai vus, j'ai tout de suite sus que tu avais un truc spécial. Exactement l'inverse.
- Tu crois que c'est un signe ?
- Je n'en sais rien mais en tout cas ça veut dire

quelque chose. Gila ton père et ma mère…
- Sortaient ensemble, oui je sais.
- Comment le sais-tu ?
- Je l'ai deviné ». Avant que Bruno nous ait interrompu, j'allais te dire ce que mon père m'avait dit la veille…
- À propos de mon don.
- Comment tu le sais ?
- C'est ta grand-mère qui m'a tout raconter y compris sur l'histoire d'amour de Mr Graine et Mme Casmère.

Gila rit, et j'ajoute.
- Tu te rends compte, on aurait pu être frère et sœur.
- Pourquoi, ça t'embête ? T'aurais pas voulus être mon frère ?

Je rougis, gêné. J'ai failli être démasqué sur mes sentiments. Maintenant elle a des soupçons. Mais au point de comprendre ce que j'éprouve pour elle, ça reste un mystère. Je ne suis pas sûr de ce qu'elle éprouve pour moi. J'ai bien le sentiment
 qu'en quelques jours, nous sommes devenus les meilleurs amis du monde. Mais est-ce qu'elle m'aime vraiment ? Est-elle amoureuse de moi ? Quand on s'est fait attaquer par les oiseaux et qu'elle m'a

giflée ; est-ce que c'était bon signe ou pas ? Il faut absolument que je lui avoue mes sentiments. Mais pas ce soir. Car si ça ce passe mal, je le regretterai très fort.

Je suis bien emmitouflé sous ma couette et je me sens plongé dans un rêve. Je suis toujours sur mon matelas cependant. Et puis je sens une force irrésistible qui me pousse à sortir. Je me lève comme un zombie sans que Gila ne se rende compte de quoi que ce soit. Je sors de la maison malgré moi. La pluie tombe toujours et je me retrouve vite trempé jusqu'aux os. Une voix étrange en même temps diabolique et malicieuse m'appelle.
« Edouard Casmère, vient à moi, approche…»
Je ne peux pas résister et la voix me pousse à rentrer dans la forêt des ténèbres. J'ai beau me dire que ce n'est qu'un rêve, il est franchement réaliste. Les arbres se poussent pour me laisser le passage. Je continue de marcher, envoûté. Grâce aux arbres, j'ai l'impression que la pluie ne coule presque plus. Je marche sans contrôler mes jambes, comme dans un rêve quoi. Les buissons s'écartent aussi afin de ne pas me blesser avec leurs épines.
« Edouard Casmère, viens, je t'attends. »
J'avance pendant une quinzaine de minutes jusqu'à ce que les arbres m'encerclent. Dans ce lieu, les plantes sont vraiment des êtres vivants. Je vois, volant autour d'eux, la fumée rouge

que j'appelle l'esprit. Cette fumée tout comme les arbres, m'encercle. Et je ne vois pas où elle s'arrête.

« Edouard Casmère, tu es venu jusqu'à moi. J'ai tant attendus le moment de notre rencontre. »

L'esprit essai de m'amadouer, mais il n'a aucune chance.

— Qui êtes-vous ?

« Je suis celui que les gardiens redoutent. Je suis celui qui échafaude les plans les plus maléfiques pour tuer mes ennemis. Je suis celui qui forme les démons. Je suis le maître du monde. Je suis le Diable. »

Je suis pétrifié d'horreur, conscient que je me tiens devant mon plus redoutable ennemi. C'est lui qui est à l'origine des oiseaux et de cette tête de mule d'arbre. Heureusement que dans un rêve on ne peut tuer personne, enfin je crois…

— Que me voulez-vous ?

«Faire ta connaissance bien entendue. J'ai tellement entendu parler de toi Edouard Casmère. »

— Qu'est-ce que vous allez faire de moi?

«Tu verras bien. Ne crois pas que je vais te laisser filer, car je te maudis Edouard Casmère, tu entends, je te maudis. »

Mon corps n'arrête pas de trembler ce qui m'énerve car du coup, le Diable sait que j'ai peur de lui. Il ne faut pas que je montre ma peur. Il me faut l'affronter.

— Pourquoi ?

« Tu as quelque chose de spécial Edouard Casmère. Parce que je me demande bien comment un simple adolescent de quatorze ans a fait pour se débarrasser de mes disciples. »

— C'était des accidents.

« Ne me prends pas pour un idiot! Je sais ce que tu es capable de faire. Mais tes pouvoirs ne sont pas assez grands pour me défier. Et mes Chasseurs sont trop forts pour toi. »

— Alors je ne suis pas une menace pour vous.

« Tu ne m'as pas laissé terminer. Sache que si tu te dresses contre moi, tu n'as aucune chance de survivre. Joins-toi à moi Edouard. Je ferais de toi mon plus puissant Chasseur. Viens dans les Ténèbres avec moi. Le monde sera à nous. Une fois le monde détruit, les humains se soumettront à ma volonté. Toi et moi régnerons sur le monde. Tu n'as pas le choix. Si tu veux vivre, tu dois m'appartenir. »

Des gouttes de sueur perlent sur mon front. Je sais que je ne cours aucun danger maintenant, mais si je refuse, il enverra ses Chasseurs me tuer. Je ne veux pas mourir. Mais il faut que je pense à Gila, jamais je ne pourrai l'assassiner elle et sa famille. Je me fiche au fond de mourir mais jamais je ne m'abaisserai à rejoindre les démons…et à appartenir au Diable.

« Qu'est-ce qui te retient ? »

J'essaie de lutter mais trop tard, il a prit possession de mes pensées.

« Tu aimes une fille. Tu aimes l'apprentie gardienne. Gila c'est comme ça qu'elle s'appelle. »

— Taisez-vous!

« Oh tu penses qu'ils sont ta famille, mais ils n'en n'ont rien à faire de toi. Ici ce sera différent, tu auras une nouvelle famille. »

— *Taisez-vous j'ai dis!*

« Et la fille oublie là, elle ne t'acceptera jamais. L'amour est une faiblesse. »

— *Arrêtez !*

« Elle aussi mourra. Et toi, livre-moi ton âme. »

— *Non!*

« Dans ce cas, reste avec eux. Mais je jure que la souffrance que je t'infligerai sera pire que la mort. »

Les branches se dressent pendant quelques secondes avant de foncer sur moi. Je cris de toutes mes forces.

Je transpire à grosses gouttes. Mon visage est brûlant et mes vêtements sont mouillés. Pas à cause de la pluie mais à cause de la sueur. Gila se réveille et me demande ce qui ne va pas.

— Ton père a raison. Il faut vraiment que je me fasse discret maintenant.

Elle s'assoit à côté de moi et me touche le front. Puis elle me prend la main. Je me sens un peu mieux, mais mon cauchemar étais si horrible, que j'en suis encore bouleversé. Les images défilent dans ma tête. Mon courage n'existe plus. Je me sens si vulnérable. Gila m'aide à me rendormir. Puis elle me dit.

— Tu vas plutôt rester pour le week-end.
Avant qu'elle se lève, je prends son bras.

— Gila tu ne me laisses pas ?

— Non je reste avec toi.

Chapitre 7

Je vais de plus en plus chez les Graine. Je ne fréquente plus mes anciens amis. J'ai vraiment l'impression de devenir un gardien. Tout ça, ça a des avantages et aussi des inconvénients. Déjà chez eux, il n'y a pas de jeux vidéos, pas d'internet. Il y a la télévision, mais ils regardent des trucs que je ne regarderai jamais, même sous la torture. Fréquenter cette famille fait que je dois écouter les bavardages incessants de Christina. Enfin, la grand-mère m'achète des vêtements pour remplacer mes « guenilles » comme elle dit. Des vêtements hyper class, qui coûtent super cher mais qui me donnent une allure de pingouin. Maintenant que je m'y habitue, ça va mieux. Voilà comment on passe d'une vie d'adolescent dans une horrible bâtisse, à un garçon très distingué qui habite (presque) dans une grande maison. La vieille m'a aussi coupée les cheveux. Avant j'avais une grande touffe de cheveux châtains foncés, des cheveux qui partaient dans tous les sens. Maintenant, on me les a aplatis sur la tête. Je ne me reconnais plus. La véranda a été réaménager en chambre pour moi, on a juste rajouter des rideaux sur la baie vitrée. Je me sens si bien ici, avec une famille qui prend soin de moi. Faut dire que j'en ai marre de pleurer comme une fillette. Penser trop souvent à maman, vouloir qu'elle soit là à mes côtés pendant que j'affronte les Chasseurs. La chose qui me fait le plus peur pour l'instant, c'est mes cauchemars. Le Diable n'arrête pas de rentrer dans ma tête. Il prend un malin plaisir à me faire voir des images tirées de mes peurs. Gila morte, mon père brûler vif, les Chasseurs en train de me tuer…Ce matin, dans la chambre, je raconte à Gila mon dernier cauchemar venant de l'emprise que le Diable a sur moi. Mon père rentre dans la forêt Sombre et son esprit n'est pas assez fort pour résister. Il devient un Chasseur. Prêt à tout pour me tuer. Gila m'écoute jusqu'à la fin, puis elle me dit.

— Tu sais ce que je pense ? Tu aimes toujours ton père. Seulement tu ne veux pas l'avouer. Tu crois que si tu t'attaches trop à une personne, tu risques de la perdre, parce que tu étais très attaché à ta mère et qu'elle est morte.

— Depuis quand t'es psychologue ?
— Je te connais quasiment par cœur. Mais tu ne veux pas te rapprocher de lui comme avant ?
— Bien sûr que si. Mais comment tu sais qu'on était proche avant ?
— Mais je viens de te dire que je commençais à te connaître.

Elle tire sa chaise de sous son bureau et me prie de m'asseoir. Je m'assis donc sans trop comprendre ce qu'elle me réserve. Elle me tend une feuille et un stylo.

— Tiens écris lui un mot et quand tu seras prêt, donne-le-lui.
— Mais…
— Il n'y a pas de mais, si tu ne le fais pas, je ne t'adresserai plus la parole!

Je soupire. Pourquoi je suis tombé amoureux d'une tête de mule !? Je commence à écrire. Au début l'inspiration ne vient pas. Et puis petit à petit, j'écris tout ce qui me passe par la tête. Gila essaye de ne pas trop me déconcentrer. Quand j'ai enfin terminé, elle prend ma feuille et lis mon texte. Je passe derrière elle pour voir un peu le résultat. Mon message ressemble beaucoup à une lettre.
«Cher papa,

Depuis la mort de maman, tout est différent. On ne s'entend plus du tout et c'est surtout de ma faute. C'est moi qui t'en veux. Je voulais qu'on reste dans notre ancienne maison, car j'avais peur que maman ne nous retrouve plus. J'ai appris pas mal de chose sur elle en ce moment. Je sais que tu l'aimes et qu'elle t'aime aussi. J'ai toujours aimé le passé. C'est le présent qui est cruel. Mais nous devons apprendre à aimer l'avenir, c'est ce qui nous permettra d'avancer. Chacun de nous doit avancer avec ou sans l'autre. Je suis désolé de toujours t'insulter. De t'avoir rendu la vie impossible ces cinq dernières années. Je ne sais pas si mon attitude envers toi va changer, mais je sais une chose. N'oublie jamais, que quoi que je fasse, quoi que je dise. Je t'aimerais toujours.
Je t'aime.
Ton fils, Edouard. »

Derrière moi, Gila est au bord des larmes. Et moi qui croyais qu'elle pleurait jamais. Je plis la feuille en quatre et la lui tends. Elle prend le message, perplexe.

— S'il te plaît Gila, ne lui montre pas.
— Pourquoi ? Ton père t'aime aussi. Vous n'allez pas rester fâcher toute votre vie.
— Tu m'as dis il y a deux minutes qu'il doit l'avoir que lorsque je serai prêt. Et je sens que

ce n'est pas le bon moment.
– Alors préviens-moi si tu changes d'avis un jour.

Elle glisse la feuille dans sa poche. Je soupire. Je ne comprends pas toujours ce qui se passe dans ma tête.

– Je rentre à la maison, dis-je, à demain à l'école.
– Je n'irai pas au collège demain. J'ai quelque chose à faire.
– Comme quoi ?
– Je te le dirai plus tard.

Je rentre chez moi avec une drôle d'impression. Pourquoi autant de mystère ? Gila ne m'a jamais rien cacher. Je ne suis pas du tout sûr qu'elle va me le dire. Mais si, elle va sûrement combattre les Chasseurs. Sans moi…Je n'arrive pas à y croire ! Il faut que je la suive. Mais à quoi ça servirait ? Elle partira sans doute très tôt et je n'ai aucune idée de l'endroit où ils commettent leurs méfaits. Tant pis, même si ça ne me plais pas, je vais aller au collège tout seul. Mon père n'est pas encore rentré. Je décide de lire un peu car en quelques jours…je n'ai même pas dépassé la première page. Quand je rentre dans ma chambre, je sens une atmosphère étrange. Il y a quelque chose qui cloche. Je fouille partout pour chercher ce que c'est. Ne trouvant rien, je referme la porte. C'est là que je vois ce qui y est accroché. Une planche noire, sûrement faite avec le bois des arbres de la Forêt des Ténèbres à en juger par la couleur. Une image est sculptée dans le bois, celle d'une fille qui hurle. Un Chasseur lui tire les cheveux pendant qu'un arbre lui plante une de ses branches dans le ventre. Le Diable essaie de me faire peur, mais j'essaye de ne pas me montrer choqué par son affreux cadeau. Je décroche cette sculpture et la jette par la fenêtre. À présent, je cherche mon livre. Mais ce malin se cache. Quand je le récupère enfin, je ne peux m'empêcher de regarder par la fenêtre. La sculpture a disparu. Tant pis. Mais je ne suis pas idiot, je sais très bien que la jeune fille sur ce dessin…c'est Gila.

Il pleut aujourd'hui. Quelle horreur! Je regrette d'être venu. Je ne sèche pas vraiment les cours mais parfois j'ai vraiment l'impression qu'on m'y force. Devant la grille les parents embrassent leurs enfants. Un homme très grand me regarde. Son visage est dur et je finis par le reconnaître. C'est le portrait craché de Bruno. Même cheveux brun-roux, même yeux marrons, même mâchoire carrée. C'est évident que c'est son père. Il me fait signe de le rejoindre. Il me propose de discuter avec lui sous le préau pour être à l'abri de la pluie. J'ai beau lui dire que lui n'a pas le droit de rentrer dans le collège, il ne m'écoute pas. Nous nous retrouvons finalement dans le hall carrément désert. Le père de Bruno se retourne vers moi.

— Alors Edouard. J'ai entendu dire que tu fréquentais la fille Graine.

Ce n'est pas une question, mais il a l'air d'attendre une réponse. Je déteste qu'on fouille dans ma vie privée.

— Oui et alors, lui dis-je d'un air méprisable ?
— Tu crois vraiment que tu as des sentiments pour elle. Tout le monde sait qu'elle et sa famille sont possédés.
— C'est parce que les gens sont bêtes.
— Et toi tu es intelligent c'est ça.
— Plus que vous en tout cas.

Je ne sais pas pourquoi je le provoque alors qu'il est aussi costaud que son fils. C'est peut-être l'habitude d'insulter les adultes. En tout cas ça marche, il est tout rouge.

— Tu devrais apprendre à te méfier de ce que tu ne connais pas.
— Je connais les Graine beaucoup mieux que vous !

— J'ai réussis à convaincre ta mère, je peux te convaincre aussi.

— Vous croyez que c'est à cause de vous que ma mère à rompue avec Robert ?

Cette idée me donne envie de rire, mais je me retiens.

— Très bien Edouard. Tu finiras bien par avoir la leçon que tu mérites.

Il s'en va. J'ai affronté des monstres emplumés et un arbre boxeur. S'il croit me faire peur avec ses menaces il se met le doigt dans l'œil. Je croise Bruno et je lui lance.

— Tu sais que ton père m'a parlé ?

— Oui.

— Tu lui as tout raconté ! Tu ne peux pas te mêler de tes affaires !

— Je ne veux plus te protéger. T'es irrécupérable.

— Eh bien tant mieux. J'ai pas besoin de toi !

Je n'arrête pas de me mettre en colère en ce moment. Le cours de français commence. J'explique au professeur que Gila n'est pas là pour des raisons personnelles. Je prends donc ses devoirs. Au début de l'après-midi, il ne pleut plus. La classe est divisée en deux. Mon groupe à moi va dans la salle informatique. Je m'installe près de la fenêtre. Je ne

suis pas aussi concentré que ce matin et je n'arrête pas de penser à Gila. Pourquoi n'est-elle pas avec moi ? Je contemple ce qui ce passe à l'extérieur. À vrai dire, pas grand-chose. Jusqu'à ce que j'aperçois Bruno. Il marche d'un pas assuré comme d'habitude. Je ne sais pas ce qu'il fait là mais qu'importe. Un moment je l'entends crier et je le vois en train de partir en courant. Je ne sais pas trop pourquoi jusqu'à ce que je vois un, puis plusieurs Chasseurs arrivés sur leurs sangliers. Une bonne partie de la classe a assisté à ce spectacle ou plutôt à ce désastre. Tout le monde sort de la classe en hurlant comme des sauvages. Le professeur d'informatique n'arrive pas à y croire. Il ne cesse de répéter:
   — Oh mon dieu mais qu'est-ce que c'est ? Mais c'est horrible…

J'attends que tout le monde soit sortit pour pouvoir m'échapper à mon tour. C'est là que les Chasseurs entrent dans le couloir. Je reconnais Hunter tout devant. Il dégage encore cette rage infernale. Mon instinct me hurle de courir. Je m'enfuis à toute vitesse en entendant leur chef dire:
   — Edouard Casmère, attrapez-le!

Minces, ils sont venus pour moi, pour m'éliminer. Comme j'ai refusé de servir le Diable. Je prie très fort en me disant que je suis trop jeune pour mourir.

Une flèche traverse ma main et je me mis à paniquer. Je ferme la porte de la cantine juste à temps car d'autres flèches fusent. Je bloque l'entrée avec des tables sachant qu'ils vont vite réussir à rentrer. Je suis coincé. L'autre porte est fermée à clé. Je ne sais plus quoi faire. J'ai une poussée d'adrénaline. Quand je remarque la grille du tuyau d'aération, je n'hésite pas, je fonce. Je me sauve pour sauver ma peau. Je prends soin de refermer la grille derrière moi, et je m'enfonce dans les profondeurs de l'enfer…l'école quoi. Il fait tout noir et ça pue. Je ne sais même pas où je vais. Je ne pense qu'à vivre. Oh l'odeur quelle horreur ! Il y a une famille de putois qui habite ici ou quoi ? Je me bouche le nez mais mes yeux me piquent. Déjà que je n'y voyais rien. Aïe, je me suis cogné ! Il fallait tourner à droite. C'est un vrai labyrinthe ce truc. J'ai l'impression que je suis enfermé depuis trois heures. Je vais mourir de froid, de faim, de soif et sans jamais avoir embrassé personne. J'aurai même pas eu le temps de finir ma série. Mais le moment est mal choisit pour parler de séries. Je dois continuer à avancer coûte que coûte. Je crie de toutes mes forces.

- Ohé, il y a quelqu'un ? Je suis enfermé dans un tunnel qui sent le moisi !

Personne ne me répond, et zut. Une nouvelle odeur

secoue mes narines. Une odeur plus infecte encore (ce qui est vraiment un exploit) et en même temps familière. Et puis j'entends des bruits. Je ne suis pas seul dans le tunnel. Ce sont les grognements qui me font réagir. Les Chasseurs sont toujours à mes trousses. Et s'ils voient mieux que moi dans ce trou perdu je suis mal. Je cours…enfin je cours à quatre pattes quoi. Je sens leur souffle d'ici. De quoi me faire tomber dans les pommes. Mais je tiens bon. Je transpire comme un bœuf. Est-ce que ça transpire un bœuf ? Je m'en soucierai plus tard. Un liquide poisseux coule sur ma main. Je dois me rappeler que c'est ma main en sang. La flèche est allée si vite qu'elle a complètement transpercée ma main. Au moins je n'ai pas eu à l'enlever. Je fais sans doute une énorme erreur, mais je décide de m'arrêter. Je déchire une de mes manches et me fais un pansement. Soit ça marche, soit on devra me couper la main. À cette idée, mon cœur s'affole à nouveau et je continue ma course. Mais c'est pas vrai, ce conduit le fait vraiment exprès! Il faut encore tourner. Il va falloir que je parle au directeur moi. De toute façon j'ai besoin de me plaindre, et de manger aussi. Mon ventre gargouille, j'ai l'impression d'avoir du sang partout et j'ai peur de me faire massacrer. Si je sors d'ici, je promets de ne plus jouer aux jeux vidéos…pendant une heure et demie, bon d'accord deux heures. Je tends l'oreille. Non je n'entends plus rien. Sont-ils partis ? En tout cas je suis soulagé. Un problème résolu. Maintenant il faut que je sorte d'ici. Mais on n'a pas l'air de vouloir me faciliter la tâche. Je me mets même à rêver d'un bon hamburger.

J'ai perdu la notion du temps, mais je jurerai que ça fait pas mal de temps que je croupis ici. La fièvre commence à venir et je suis épuisé. Ma seule consolation c'est que les Chasseurs ne me chassent plus comme un lapin. Je discerne un peu de lumière par moment mais à ma grande déception, ce n'est que le fruit de mon imagination. Au bout d'un instant, je n'en peux plus. Je m'effondre sur la paroi du tuyau dégoûtant. Je vais moisir dans ce trou comme un rat. Personne ne me retrouvera jamais. Peut-être des chiens policiers mais lorsqu'ils m'auront trouvé que restera-t-il de moi ? Je n'arrive plus à penser, ni à réfléchir, ni à agir. Je ferme les yeux, en pensant que c'est la fin.

Chapitre 8

C'est pas possible, on ne peut plus dormir tranquille maintenant ! Aucun respect pour le sommeil des autres quoi! Et pourquoi quand j'ouvre les yeux, il fait tout noir ? Quelqu'un peut allumer la lumière s'il vous plaît ? Le pire c'est qu'on m'obéit, car on arrache le mur. Quoi, arracher le mur!? Il y a d'autres moyens pour laisser entrer la lumière du soleil non ? Je me redresse, mais mon crâne heurte le plafond. Et puis tout me revient. Je ne suis pas dans ma chambre mais dans un tuyau d'aération. Ce n'est pas le mur, c'est la grille qui donne sur l'extérieur. Deux pompiers me retirent de ma prison puante. Ma première pensée fut :
« Mais je rêve quoi ! Je passe des heures à chercher la sortie et je m'évanouis au moment où il y en a une juste en face de moi ! »
Et puis un visage familier apparaît. C'est celui de Gila. Elle me regarde de ses doux yeux noirs (c'est

bien la première fois qu'ils sont doux). Sans réfléchir, je saute dans ses bras. Notre câlin étouffant dure presque aussi longtemps que mon expédition à l'intérieur du tunnel. Jusqu'à ce que je me rende compte de la présence de sa famille. Alors je me mets à embrasser tout le monde. Même les pompiers et les policiers, même les gens que je ne connais pas.

– JE SUIS EN VIE !
– Oui c'est bon on l'avait remarqué, me lance Mr Graine, regarde plutôt qui est là.

Je me retourne pour voir mon père qui pleure et qui vient me serrer dans ses bras. Sans trop savoir pourquoi, je me raidis. Je crois qu'il le sent, car il me lâche, l'air désolé.

– Oh Edouard…

Je déteste sa voix de détresse. Cette voix qu'il utilise depuis la mort de maman. J'ai horreur de la pitié et je déteste qu'on se plaigne de mon sort. C'est pour ça que je jette à mon père un regard noir. Le directeur s'avance vers moi. D'habitude, il me parle que pour me punir. Toujours des trucs agréables à entendre, mais pas cette fois.

– Edouard, on vous cherchait. Un quart d'heure après l'attaque, ces monstres sont partis. On a rassemblé les élèves mais vous étiez le seul à

manquer à l'appel. Les secours sont arrivés et ça fait une heure qu'on vous cherche.
Seulement une heure, j'ai l'impression que ça fait des siècles! Mon père me dévisage puis soudain, il s'écrit.

— Edouard ta main!

Je baisse mes yeux pour voir mon pansement improvisé tâché de sang. On me le remplace vite par un bandage très serré. Quand je retourne près de mon père, du directeur et des Graine, Gila se jette dans mes bras. Je sens son inquiétude. Mr Graine me dit.

— Écoute Edouard, ce soir tu vas dormir chez toi devant un bon film. Et demain tu viens chez nous. Je me suis arrangé avec ton père.

— L'école sera fermée pendant une semaine à cause de cet accident, ajoute le proviseur, tu pourras te reposer un peu et guérir.

Le directeur est un peu lourd parfois, mais il est vraiment sympa de me remonter le moral. En même temps c'est difficile de faire cours dans une école qui a cramé. Mon père me fait signe de le suivre. Je salue Gila une dernière fois et je prends la route pour quitter le collège. Mais un visiteur inattendu vient à ma rencontre. C'est Erick.

— Je t'attends dans la voiture mon fils.

Une fois seul avec Erick, on se dévisage. Personne ne parle. Je lis sur son visage la même peur que ma meilleure amie a eu pour moi. On se serre la main. Et puis c'est tout. Ensuite on s'en va. Chacun de notre côté mais réconcilié.

Mon père me demande de choisir le film. Il a commandé une pizza et on mangera du pop-corn devant la télé. Je ne lui réponds pas alors il finit par mettre un film d'action que j'adore. Mais je ne fais pas attention, je ne risque donc pas de savoir de quel film il s'agit. Mon père doit croire que je suis traumatisé par cette attaque brutale à l'école parce qu'il me rejoint sur le canapé et met son bras autour de mon épaule alors qu'il sait que je le rejette d'habitude. Mais là je ne fais rien. Je fixe le vide. Jusqu'à ce que je me mette à pleurer. Il me sert alors très fort. Je pleure parce que j'ai perdu le lien qui m'unissait avec mes parents, je pleure parce que le Diable veut ma peau, je pleure parce que je ne peux rien faire. Je suis un mortel, je suis vulnérable. Je ne peux rien dire à mon père car déjà je n'ai pas le droit, j'ai juré de garder le secret, et qu'il m'empêchera sûrement de fréquenter Gila et sa famille. Et ça, ça me fera mal plus que tout le reste. Je ne peux plus vivre sans ma nouvelle famille, sans

Gila. Alors je continue de verser mes larmes sur les épaules de mon père. Et lui, me console du mieux qu'il peut.

Le salon est magnifique. Pas aussi beau que dans la maison des Graine, mais il a un certain charme. Je commence à comprendre que j'ai une vision. Dans ce songe, je vois au milieu de la pièce deux personnes. La première est une femme très distinguée aux longs cheveux blonds qui lui descendent sur les épaules. Cette femme ressemble à Gila, mais ce n'est pas Gila. Elle n'a pas les mêmes yeux. À côté d'elle, se tient un garçon blond aux yeux marrons qui doit avoir entre cinq et six ans. Il pose sa main sur le ventre rond de sa mère. Quand une nouvelle apparition entre dans la pièce. Une jeune fille d'environ onze ans. Elle possède deux couettes brunes et des yeux verts clairs qui me sont familiers. Je dois me rappeler que ce sont les mêmes que ceux de la femme qui ressemble à Gila. Attendez une minute…des cheveux noirs ? Des cheveux noirs ! Il y a un problème; mes cheveux sont châtains, ceux de Gila sont blonds. Ais-je raison de croire que ce n'est pas Gila ? À moins que moins que le Diable soit revenu semer le trouble dans mon esprit.

Je me pince pour pouvoir me réveiller, et une fois retourné dans mon lit, je pleure de nouveau. Parce que ça fait du bien de pleurer.

Chapitre 9

Le lendemain, de bonne heure, je me rendis chez mon amie. Je me sentais beaucoup mieux et j'étais heureux de retrouver tout le monde. Gila et moi passons la journée dehors à nous amuser, à rire et à jouer. Le jardin est devenu notre lieu de rendez-vous favori. Je me suis même perdus dedans c'est vous dire. Je suis heureux bien que ma main me fasse mal. Gila n'arrête pas de me demander s'il faut parler à son père de sa relation avec ma mère ou pas. Moi en tout cas, je n'ai pas envie qu'il se fâche. Le lendemain de mon arrivée, Christina avait invité ses amies à prendre le thé (c'est vraiment une famille française ?). Elles me les avaient toutes présentées. Elle m'avait décrit comme un garçon chou et très courageux (elle parle vraiment de moi ?). Gila m'avait sauvé de cette torture en m'emmenant dans sa chambre. Gila et moi nous comportons comme des frères et sœurs ce qui n'améliore pas notre relation. En allant à la cuisine, piqué discrètement un gâteau derrière le dos de la vieille, je découvris dans ma poche le morceau d'écorce que cette dernière m'avait donné. De retour dans la chambre, je montre à Gila ce drôle de présent tout en lui demandant à quoi il pourrait bien me servir.

— Mais Edouard, ce morceau d'écorce peut nous montrer absolument tout. On pourrait savoir comment nos parents se sont rencontrés.

— Je sais très bien comment ils se sont rencontrés.

— Tu ne veux pas voir ça, moi si. Ce soir rejoins-moi ici et nous ferons un voyage dans le passé.

Elle a l'air impatiente alors que moi je n'en ai rien à faire. La grand-mère m'a tout expliqué. Mais elle n'est qu'un témoin, peut-être apprendrai-je quelque chose d'intéressant. Et finalement, après le dîner, j'ai hâte de savoir ce que le bois magique a à me montrer. Ma meilleure amie est dans son pyjama. Elle m'attend le sourire aux lèvres.

— Alors Edouard, on y va ?

Je sors l'écorce de ma poche. Nous le prenons tous les deux et Gila récite.

— Arbre, raconte-nous l'histoire de mon père et de sa mère.

Et tout disparut.

Gila et moi nous retrouvons devant la forêt des ténèbres. Il fait beau et le soleil éclaire les arbres noirs. Je sais que nous sommes invisibles et qu'on ne peut nous voir. Et la première personne que je vois dans ce passé…c'est ma mère. Enfin, ma mère qui a quinze ans. Elle tient une machine bizarre dans ses mains. J'ai toujours vu ma mère avec les cheveux détachés mais là, ses mèches bouclées sont relevées en queue de cheval. Quelqu'un brise-tout à coup sa concentration.

— Va-t'en, tu n'as rien à faire ici !
Émeline regarde l'adolescent qui vient de lui parler. Ses cheveux châtains sont en brosse, ses yeux marrons, sa peau mate. C'est Robert Graine.

— Je ne fais rien de mal, se défend-elle.
— Qu'importe, tu n'as pas le droit de venir ici.
— Comment t'appelles-tu ?
— Robert, dit-il un peu surpris par ce changement de conversation.
— Moi c'est Émeline, fille d'un génial inventeur, qui a fabriqué pour moi cette machine à chercher les fantômes. Et tant que je n'aurai pas trouvé je ne bougerai pas.

— Il n'y a pas de fantômes, ricane Robert. Les esprits vivent au paradis. Dans cette forêt tu n'y trouveras que la mort.
— Cela tombe bien, je n'ai pas peur de la mort.
— Ne t'amuses pas avec ce genre de choses. Allez au revoir.

Et il repart chez lui contrairement à ma mère qui reste sur place. Bon, maintenant je sais de qui je tiens mon culot.

L'image s'efface. Puis une autre apparaît. Mr Graine raccompagne ma mère pour passer la grille.

— Je savais que tu étais spécial, dit-elle.
— Moi aussi je trouve que tu es spécial.
— Je te promets que je n'irai pas dedans. Je ne veux pas rencontrer les Chasseurs.
— Je ne les laisserais pas te faire du mal.

Ma mère ouvre grand la bouche, ébahie. Pendant un long moment, ils se regardent. Puis ils s'embrassent. Je ne sais pas combien de fois ils se sont vus entre temps, mais je trouve cet amour un peu bizarre quand même. Mais je suis qui pour juger, je suis bien tombé amoureux de Gila dès le premier instant. Nouvelle scène, ils sont toujours tous les deux mais dans la rue. Ils se tiennent par la main. Leur joie est de courte durée car une bande arrive vers eux. Et celui qui dirige cette bande, c'est Bruno enfin son sosie, son père quoi.

— Eh le possédé, avec qui tu traînes?

— Émeline, dit ma mère avec mépris.

— Ne me dîtes pas que vous sortez ensemble.

— Pourquoi ça te dérange, finit par dire Robert ?
En effet, ça a l'air de le déranger. À la façon qu'il a de baver devant ma mère, il faut vraiment être aveugle pour ne pas voir qu'il a flashé sur elle. Quand je serai au paradis, il faudra que je lui dise deux mots sur son succès avec les garçons.
Absorbés dans mes pensées, je n'ai pas suivis le reste de la conversation. Bruno, euh je veux dire son père, commence à frapper Robert et toute la bande s'y met. Sauf deux complices qui retiennent ma mère. Celle-ci n'arrête pas de crier et quand le nez de son petit-ami commence à saigner, elle pète un câble.

— Arrêtez!

Et plus personne ne bouge. Mr Graine la regarde comme si elle s'était transformée en monstre.
À nouveau le vide, puis dans une chambre, sûrement celle de Robert à cause de tout ce qui traîne, et le fait que la chambre soit noire.

— Depuis que je suis toute petite, je vois des choses. Ou alors je dis des mots et ça se réalise. C'est effrayant, surtout les cauchemars.

- Je comprends, dit-il.
- C'est vrai ?
- Écoute je suis un gardien et toi une voyante, aucun de nous deux est plus bizarre que l'autre.

Ils s'embrassent, ce qui commence sérieusement à m'agacer.

S'ensuit une courte scène où ils dansent tous les deux sur une chanson romantique à une espèce de carnaval.

Puis ma mère réapparaît, mais triste cette fois. Robert semble lui, bouleversé.

- Mais pourquoi ?
- Écoute Robert, j'ai eu une vision cette nuit. J'ai vu mon fils en train de mourir. Je sais que c'est aussi le tien c'est pourquoi nous devons rompre.
- Mais je ne peux pas vivre sans toi.
- On est obligé pourtant. Je tiens à la vie de mon fils, désolé.

Elle l'embrasse une dernière fois sur la joue.

Ma mère est maintenant dans une robe blanche, mais elle est accrochée au bras d'un autre homme… mon père. Mr Graine est là aussi avec ses parents. J'ai donc une brève image du vieux Grégory. Alors qu'ils avaient dix-sept ans lorsqu'ils ont rompus, ils doivent en avoir une bonne vingtaine aujourd'hui. Mon père et celui de Gila se serrent la main quand Émeline présente Robert comme son ami d'enfance. Je vois bien que ce mensonge la met mal à l'aise. Mr Graine est vexé; pourquoi cacher d'être sortis ensemble ? Et au buffet, la vieille qui est un peu moins vieille à ce moment-là lui pose la question si elle aime vraiment son époux.

— Oui bien sûr…mais pas autant que Robert.
Et elle s'en va rejoindre mon père.
On est à présent dans une salle sombre je ne sais trop où. Je suis bébé dans les bras de ma mère, assise sur une chaise. Un homme entre dans la pièce. C'est l'ex de ma mère.

— Tu es venu, dit-elle.
— Ton mari sait que je suis là ?
— Il n'a pas à le savoir.
— Cela fait plus d'un an qu'on ne se voit plus et tu lui caches encore la vérité.
— Et toi tu mens bien à ta femme. Oui je suis au courant que tu t'es marié. Christina elle s'appelle.
— Je l'ai fais parce que tu ne veux plus de moi. Et j'ai une fille à présent. Et toi c'est ton fils ?

— Oui et je sais à présent qu'il ne risque plus rien.
— On ne peut pas changer l'avenir.
— On peut au moins essayer. Je t'ai demandée de venir car c'est la dernière fois que nous nous voyons.
— Si c'est ton choix mais toi et moi souffrirons à jamais de cette séparation.
— J'ai fait ce qu'il fallait.
— Comment s'appelle-t-il ?
— Edouard, mais il sera bientôt baptisé et à ce moment-là son nom sera Edouard Frédéric Henry Casmère.
— Henry…c'est mon deuxième prénom.
— Oui et Frédéric celui du père de Jérémy. Mais mon mari ne sait pas pourquoi j'ai choisis le nom d'Henry.
— Bien alors adieu mon amour.

Avant qu'il n'atteigne la porte, Émeline l'interpelle.

— Et ta fille ? Elle se nomme comment?

Un long silence s'installe. Puis il finit par dire.

— Elle s'appelle Gila Émeline Graine.

Et il disparaît pour toujours de la vie de ma mère.

Je suis revenu dans la chambre avec Gila. Personne

n'ose dire quoi que ce soit. Au bout d'un moment je murmure.

— C'est comme ça que tu as deviné leur relation ? Parce que ton deuxième prénom est…

— Oui dès que mon père a prononcé le nom de ta mère, j'ai sus qu'elle était très importante pour lui, mais je ne connaissais pas toute l'histoire.

C'est à cet instant que Christina ordonne qu'on aille au lit. Je fais la bise à Gila et prends la direction de la véranda.

— A demain Edouard.

Une fois blottis dans mon lit, je ne cesse de me remémorer ce qui s'est passé, l'écorce noir serré dans mon poing. Le père de Bruno qui était amoureux de ma mère, le fait que mon troisième prénom soit le deuxième de Robert…Gila Émeline Graine, il ne l'a pas oublié et elle non plus. Le souvenir de leur histoire gravé dans leurs enfants. C'est un peu ma faute s'ils ont rompus quand même. Ils étaient si heureux avant. Maintenant Mr Graine est juste un homme strict. Je ferme les yeux en repensant à cet amour impossible, et si cet amour cruel sera là aussi pour Gila et moi.

Chapitre 10

Je crois bien que la seule façon pour moi de ne plus faire d'atroces cauchemars, c'est de devenir insomniaque. Cette nuit, les rêves se sont succédé à une vitesse que ce matin, je suis tout essoufflé. Je me sers de céréales et je tartine mon pain de confiture de fraises. Je ne mange presque jamais le matin mais ici le petit-déjeuner est obligatoire. Le bout d'écorce noir ne quitte pas la poche de mon jean. Je suis assis avec Monsieur et Madame Graine quand Gila arrive. Elle se plante devant ses parents avec un air de défi.

- Maman tu sais pourquoi je m'appelle Gila Émeline Graine ?
- Bien sûr, Gila je trouvais ça mignon et original. Et pour Émeline c'était par rapport à la mère d'Édouard. Même si je ne comprends pas ce choix, je le respecte.

— Et tu sais pourquoi papa m'a appelé comme ça ?

Je fais signe à Gila de se taire, mais elle ne m'accorde pas la moindre attention. Ses parents sont perplexes bien que Robert soit aussi inquiet. Je connais suffisamment les Graine maintenant pour connaître leurs habitudes. Quand on tutoie ses parents, c'est qu'une dispute va éclater. Gila poursuit en regardant cette fois son aïeul.

— N'est-ce pas grand-mère que papa est sortit avec la mère d'Édouard.

Christina a l'air scandalisé. Quelle catastrophe! Je prie pour qu'elle s'arrête, mais elle ne compte pas laisser ses parents en paix.

— Eh oui papa, et même qu'elle t'a laissé tomber parce qu'elle pensait que votre fils mourrait.

— Rentre dans ta chambre, rugit son père!

La grand-mère aussi consciente que moi du danger, raccompagne Gila de force. Un peu mal à l'aise, je décide de ne pas bouger. Les parents partent se disputer dans la cuisine. Bravo Gila…Au bout d'une demi-heure, Mr Graine vient vers moi.

— Écoute, tu ne dois plus voir ma fille jusqu'à nouvel ordre. Ce n'est pas ta faute, mais elle est consignée dans sa chambre. J'aimerai te poser une question. Tu étais au courant de

tout ça ?
Je décide d'être sincère.
— C'est votre mère qui m'a raconté toute la vérité. Et hier soir, Gila et moi sommes partis dans le passé avec ça.

Je lui montre l'écorce. Il fait la grimace.
— Ta mère ne voulait que ton bonheur et ta sécurité. Je ne lui en veux pas même si ça me fait très mal. Si tu étais amoureux tu comprendrais.
— En vérité je le suis.
— Ah bon de qui ?
— De votre fille.

Son expression est étrange. Je ne sais pas s'il est en colère, s'il va s'évanouir ou s'il a envie de vomir. Enfin il arrive à articuler.
— Ce n'est pas une bonne idée tu sais.
— Parce que vous croyez que c'est trop dangereux. Mais je n'ai pas peur de la mort.

Je sais que cette phrase a déjà été prononcée par ma maman et qu'il s'en rappelle encore.
— Oui et c'est justement ça qui te tuera.
— Vous n'allez pas m'empêcher de sortir avec elle ?
— Nous ne sommes même pas sûrs qu'elle ait

des sentiments pour toi. Et je connais ton caractère. Tu ne sais absolument pas obéir aux adultes, et c'est ce qui causera ta perte.
Et il s'en va. J'en ai vraiment marre d'être vus comme un gros nul.

Cela fait deux jours que je ne vois plus Gila. La grand-mère me surveille comme un lynx ce qui me terrifie ; voir tout le temps ses petits yeux perçants. En lisant le livre de Gila dans ma chambre (que j'ai bientôt finis), je me coupe le doigt à une feuille de papier (j'avais bien dis que les livres étaient dangereux!). Je monte à l'étage en quête de la salle de bains. Quand je passe devant la chambre de mon amie, la porte s'ouvre. Gila me force à rentrer à l'intérieur et m'embrasse sur la joue si fort que je faillis tomber.

— Ben te voilà toi. Quand est-ce que tu comptais me rendre visite ?
— Ta grand-mère est très forte pour surveiller les gens.

Elle rit et je ne pus m'empêcher de rire avec elle.

— Je croyais que tu ne te laissais jamais faire, dit-elle avec un sourire moqueur.
— Gila tu veux me parler ?
— Oui te dire que je suis désolé de ne pas avoir

été là quand les Chasseurs t'ont attaqué. Je ne te l'ai pas dit plus tôt de peur que tu m'en veuilles encore.

— Mais je ne t'en veux pas. D'accord au début j'étais furieux que vous alliez combattre les Chasseurs sans moi. Je sais que je n'ai pas trop assuré la dernière fois mais…

— Nous n'étions pas allés nous battre.

— Ah bon ?

— Non c'est pour ça aussi que je voulais te parler aujourd'hui. Te parler d'un secret que je ne suis pas censée te révéler. Mais j'ai discuté avec mon père et il est d'accord pour que je t'en parle.

— Et alors ?

— Le jour où tu t'es fais agresser, nous étions allés rendre visite à quelqu'un.

— Ah oui et à qui ?

— À un fantôme.

J'essaye de bien comprendre ce qu'elle vient de me dire.

— À un quoi ?

— À un fantôme. On l'appelle l'Âme du Mort. C'est lui qui procure la plante dont se sert ma grand-mère pour vaincre nos ennemis. Il puise

sa force grâce aux arbres de la forêt. Sans même que le Diable s'en aperçoive. Mais même les arbres ne peuvent sentir la présence de quelqu'un de mort.
- Attends une minute, il hante la forêt.
- Non il est comme nous, juste à côté, il habite dans le cimetière.
- Mais ton père a dit que les fantômes n'existaient pas.
- Ils n'existaient jusqu'à il y a quinze ans. Quand un homme a réussit à devenir une âme. C'est pour ça que je suis partie. Il fallait que je fasse sa connaissance. J'en ai appris de belles crois-moi. Il paraît qu'il a réussit à enlever son âme de son corps grâce à une machine, donc il n'est pas vraiment mort. Il a juste plus de corps.
- Donc ce type était un inventeur.
- Oui et c'était aussi ton grand-père.

Le père de ma mère était un brillant inventeur un peu gaffeur et franchement farfelu. Pour devenir immortel il a eu la BONNE idée de séparer son âme de son corps. Et manque de bol il a réussit. C'est pour ça qu'il n'est pas dans l'au-de-là à l'heure qu'il est. C'est pas possible, on connaît ma famille mieux que moi. Gila me promet que je pourrai le rencontrer, mais je n'ai pas envie de rencontrer quelqu'un qui est assez stupide pour enlever son âme. La seule chose que je savais de lui avant, c'était que ma mère l'adorait. Elle s'attache à des personnes bizarres parfois. Mais bon, ça ne me fera pas de mal de rencontrer quelqu'un qui est mort, heu pardon qui n'est pas tout à fait mort, avant ma naissance. Cette nuit, je rêve de Gila, sauf que dans ce rêve Gila n'est pas là.

Au petit-déjeuner, je suis soulagé de voir Gila en bonne santé, en train de déguster un croissant. Je n'ai pas envie qu'elle disparaisse ou qu'il lui arrive quelque chose. Cette fille doit lire dans mes pensées car quand elle me dit bonjour, je retrouve sa méfiance. Je décide de parler à la seule personne en qui j'ai vraiment confiance, Mr Graine. Oui mais voilà, d'un autre côté j'ai l'impression qu'il a trahit cette confiance. Il a menti sur sa relation avec ma mère. En plus, il est distant avec moi ce matin et je n'apprécie pas cette distance. À contrecœur, je viens voir la grand-mère aux yeux de prédateur. Elle se trouve dans la cuisine, en train de préparer une omelette. Cette femme passe le plus clair de son temps derrière les fourneaux. En même temps je dois reconnaître que c'est super bon tout ce qu'elle nous prépare.

— Alors jeune homme, tu es content qu'elle soit là ?

— Hein ?

— On ne dit pas hein mais comment. Je parle de Gila, sa punition a été levée ce matin.

J'étais tellement content de voir Gila que je ne me suis pas rendu compte de ce que cela impliquait. Un instant j'ai crus que la vieille était au courant pour mon cauchemar.

— Oh oui bien sûr.

Elle me traite toujours comme un ignorant, la seule fois où elle a été gentille avec moi, c'était pour me dire la vérité. Elle me déteste.

— Mamie, dis-je pour la provoquer, je peux vous parlez ?

La provoque est mon jeu préféré. Un jeu où je suis le seul gagnant. Malheureusement, j'ai affaire à une adversaire coriace.

— Et toi cervelle de moineau? Tu as arrêté tes stupides jeux vidéos pour te concentrer sur ton don ?

— Mon don, je peux dire n'importe quoi et ça se réalise.

— Tu crois que c'est aussi facile. Et si je te disais qu'il y a deux règles à respecter.
— Lesquelles ?
— La première est que tu ne peux pas contrer ce qui est écrit dans l'avenir; si tu es destiné à mourir alors tu mourras. Et la deuxième règle est que tu ne peux pas utiliser ton pouvoir pour ton ambition personnelle. L'épée est apparue quand nous en avions tous besoin et l'arbre s'est déraciné parce que tu voulais aider Gila.
— En gros je dois aider les autres.
— Même avec un don, tu restes un adolescent ordinaire. Incapable de te préoccuper du sort des autres.
— Non c'est faux, tout le monde n'est pas comme ça!
— Soit, mais as-tu le sens du sacrifice?
— Non, avouai-je.
— Nous nous sommes des gardiens. On a appris à vivre tout en sachant qu'on allait mourir. Pense ce que tu veux mon garçon, mais tu n'es pas un héros.

Je sais, je suis normal. Je n'ai pas ma place ici. La vieille me fait comprendre que je n'ai pas à vivre

avec eux, à les aider. J'ai sauvé Gila mais c'est tout.
Le reste j'ai agis sans réfléchir. Je sors, renonçant à
lui parler de mon rêve. Je ne pourrai jamais me
confier à cette femme. Je reprends mon idée de
départ qui était de parler à Robert.

— Edouard, que ce passe-t-il ?
— Il faut qu'on parle.

Il se lève de la chaise sur laquelle il était assis et
m'entraîne dehors. Sur le perron, nous sommes
enfin seuls et je peux enfin lui parler.

— Mr Graine, d'habitude je raconte mes songes à
  Gila. Mais là je ne peux lui en parler. Je ne sais
  ce que ça veut dire mais dans mon rêve, j'avais
  l'impression que Gila devait être là, sauf
  qu'elle n'y était pas.
— Tout ça n'est pas très clair. As-tu vu des
  indices ?
— Je réfléchis intensément comme si la vie de
  Gila en dépendait. Je creuse au plus profond
  de mon cerveau. Je revois mon rêve sauf que
  tout est flou. Au bout d'un pénible effort,
  j'arrive à distinguer une image.
— La Tour-Eiffel, j'ai vus la Tour-Eiffel.
— Et donc ?
— Ben je ne sais toujours pas ce que ça veut dire.

— Et je ne peux pas t'aider à grand-chose. Mais je te promets que je vais surveiller Gila de près.
— Vous êtes sûr qu'elle ne va rien remarquer. Non mais parce que la discrétion ce n'est vraiment pas votre truc dans cette famille.
— D'accord, c'est toi qui la gardes, il lui arrive quelque chose, et je te ferais regretter d'être venus au monde !
— Heu…c'est peut-être mieux si c'est vous qui le fassiez.

Je m'enfuis en courant à l'intérieur de la maison.

Il est 18h passé et tout le monde enfile son manteau. Direction le cimetière. Je sais pas comment ils font pour avoir une forêt maléfique et un cimetière comme seuls voisins parce que moi ça me donne plutôt la chair de poule. La nuit tombe déjà et je frissonne une fois dehors. Les Graine sont en habits de deuil car dans une des tombes, repose le vieux Grégory. Il nous faut même pas dix minutes pour arriver jusqu'à la grille que Mr Graine commence à ouvrir avec des clés. Les filles prennent de l'avance tandis que je reste avec Robert qui referme la grille. Une question soudain me vient à l'esprit.

— Dîtes, vous êtes des gardiens, mais ce métier

est complètement inconnu alors il ne rapporte rien. Vous devez bien faire un métier ?
— La moitié de notre fortune provient de notre héritage. Sinon, moi je m'occupe de l'entretien du cimetière, c'est pour ça que j'ai les clés. Quant à ma femme elle fait la voix de personnages de dessins animés d'animation.
— Ah, c'est pour ça qu'elle a une voix aussi aiguë.
Il me regarde sans comprendre. Il vit quinze ans avec une femme et il ne remarque même pas sa voix de crécelle.
— Non rien laissez tomber.
Nous nous dirigeons au fond de cet endroit sinistre devant une tombe. Quand nous sommes tous arrivés devant, la tombe s'ouvre sur un sachet blanc que la vieille s'empresse de ramasser. Elle m'explique.
— Le fantôme puise sa force de la forêt. C'est comme ça que sont fabriqués mes herbes (elle me désigne le paquet blanc). Les plantes noires ont un pouvoir qui diminue les forces des hommes.
— C'est pour ça que ça marche sur les Chasseurs et pas sur les oiseaux.
— Exactement.

— Bonsoir, salue une voix venue de nulle part. On se retourne pour voir celui qui est assis sur un rocher. Je pensais que mon grand-père serait translucide mais en fait il a un aspect normal. On pourrait croire qu'il est vivant. Ses cheveux sont gris, tirés vers l'arrière, ses yeux sont grands et bleus et il a beaucoup trop de grains de beauté.

— Bonjour inventeur, dit Mr Graine, je te présente ton petit-fils Edouard. Nous sommes venus te demander un conseil. Nous devons vaincre les Chasseurs.

— D'accord, mais vous devez me donner quelque chose en échange. Je sens que mon petit-fils possède un bien précieux.

Je fouille dans mes poches sans trop savoir ce que j'ai de précieux. J'en sors l'écorce.

— C'est ça que vous voulez ?

— Oui merci fiston.

Je pose l'objet dans la paume du fantôme. Sauf que je ne la sens pas.

— Approche mon garçon je vais te dire ce que tu dois savoir.

J'avance prudemment. Le vieillard serre son poing et je devine ce qu'il fait. Il se sert du bois de l'écorce pour voir les choses.

— Il y a de cela des siècles, le Diable s'est trouvé un nouveau refuge…cette forêt. Et quand il a créé les Chasseurs, vos ancêtres ont reçus leurs pouvoirs. Le Diable était puissant. Et lui seul savait comment on pouvait l'affaiblir, car il est immortel, il ne peut mourir. Mais on peut le chasser, le vider de ses forces pendant plusieurs années, et vos pouvoirs disparaîtront.

Gila pousse un petit cri. Vivre une vie normale, c'est un rêve pour elle.

— Si je vous disais que la seule chose à faire est de brûler son refuge. À condition qu'il y ait de la chair fraîche.

— Comment va-t-on amener les Chasseurs ici, demande Gila ?

— Hé c'est vous les stratèges, je ne vais pas faire tout le boulot à votre place.

— Merci inventeur pour ton aide précieuse, s'incline le père de mon amie.

Moi qui n'ai prononcé aucun mot jusqu'ici, je prends enfin la parole.

— Votre fille, ma mère, a rompue avec Mr Graine parce qu'elle a vue que j'allais mourir.

— Les arbres ne prédisent pas l'avenir, mais ils savent comment les autres vont décéder. Toi mon garçon, tu ne mourras que par sacrifice. Cette idée me réconforte un peu bien que je n'ai aucune idée de ce que cela veut dire. Après tout j'ai dit à la grand-mère que je n'avais pas le sens du sacrifice. Mon grand-père disparaît dans la nuit. Nous retournons nous réchauffer. Mes compagnons sont tout chamboulés. Ils ne pensaient pas pouvoir se débarrasser des Chasseurs, de la forêt, du Diable et de leur magie. C'est trop beau pour être vrai. Dans mon sommeil, je vois une Gila normale, une jolie fille qui sourit, une adolescente qui profite de la vie, une personne formidable.

Chapitre 11

On me dit souvent, n'hésite jamais, fonce. Ce conseil est nul parce que du coup je n'hésite pas à désobéir et à insulter les adultes. Mais aujourd'hui, je me dis qu'il faut que je fonce. Avouer mes sentiments à Gila et lui demander de sortir avec moi. Mr Graine est loin d'être d'accord avec ça, mais je m'en fiche, je ne lui ai pas demandé son avis. Christina nous rappelle à Gila et à moi que c'est sans doute les derniers jours de beau temps et qu'il faut en profiter. Nous nous enfuyons donc dans le jardin. Les fleurs n'ont jamais été aussi belles en automne. Gila me pousse par terre en riant. Énervé, j'agrippe son bras et l'a fait tomber avec moi. Elle me lance des fleurs sur le visage, mais je connais une arme beaucoup plus diabolique…les chatouilles. Ce à quoi elle réplique en me tapant. Je comprendrai jamais comment marche les filles. En milieu d'après-midi, nous sommes allongés sur l'herbe, main dans la main, quand elle me dit.

— Tu sais quoi, oublions les Chasseurs. Chassons-les de nos esprits. Je ne sais pas ce que ça fait d'être normale.
— Ben déjà les filles normales ne rient pas comme des vaches, dis-je sur le ton de la plaisanterie.
— Arrête c'est pas gentil ça!

Elle se redresse pour me taper mais mes mains me protègent de justesse. Je reste hilare.

— Non sérieusement Edouard.

J'arrête de l'embêter. Mon amie ne prend cette expression que lorsqu'elle a quelque chose à me révéler.

— As-tu confiance en moi ?
— Bien sûr, tu m'as toujours dis la vérité.

Alors qu'il y a trente secondes, elle affichait un magnifique sourire, son visage est à présent d'une terrible tristesse.

— Gila ?
— Edouard je t'ai mentis; Alors pardonne-moi s'il te plaît.
— De quoi tu parles ?
— Le jour où je t'ai surpris devant la forêt, je t'ai

dit que je n'y étais jamais entrée. Mais c'était faux.
- Pourquoi me l'as tu caché ?
- Je vivais à Lyon, et puis mes parents ont reçus un appel disant que mon grand-père était mort. Mes parents m'ont ordonné de rester ici et ils sont partis. J'avais la soirée pour moi toute seule. Sauf qu'ils sont arrivés.
- Les Chasseurs ?!
- Oui, j'ai réussis à m'enfuir. J'ai pris le bus, je voulais rejoindre Irigny. Mais à la descente, je les ai vus au loin, ils continuaient de me suivre. Je suis entrée dans le repaire du Diable et j'ai été la seule à en ressortir. Il n'y a pas de sentier et les arbres, les plantes, font tout pour te ralentir. Heureusement j'avais de l'avance et les arbres ne s'écartaient pas non plus devant Hunter et sa bande. Hunter, ce démon me fait si peur. J'ai couru. Devant la forêt, tu n'as pas sentis quelque chose ?
- J'avais…très mal au ventre.
- C'est ça c'est toute la magie noire de ce lieu; te faire souffrir. Car la souffrance est pire que la mort. J'ai fini par sortir et par rejoindre ma famille. Mais je sais pourquoi le Diable m'a gardé en vie. Il sait que je n'oublierai jamais ce

moment de terreur. Il se nourrit de mon malheur.

Elle s'effondre en larme. Je lui prends le bras et lui caresse gentiment le poignet. Ses écorchures, je sais d'où elles proviennent à présent. Je la console comme mon père m'a consolé et ça marche. Je lui dis.

— Gila…

Elle relève la tête et plonge son regard dans le mien. Maintenant je ne peux plus reculer. Il faut que j'ose.

— Il faut que je te dise…que…enfin…tu me plais beaucoup.

— Toi aussi tu me plais beaucoup.

Je rayonne de joie.

— Alors on peut sortir ensemble!

— Désolé mais non.

Le bonheur n'aura pas duré longtemps.

— Quoi mais pourquoi?

— On ne peut pas être ensemble alors qu'on combat et que chacun d'entre nous risque sa vie.

— Tu es sûre ?

— Oui mais quand tout sera finit, peut-être qu'on pourra être ensemble.

Mais je ne pourrai JAMAIS attendre tout ce temps!

Et c'est quoi ce « peut-être ».
- Tu sais, demain c'est mon dernier jour dans le coin avant que je rentre chez mon père. Alors si on allait faire une journée dans le centre-ville. Entre copain et copine bien entendu.
- Oh j'adorerai, je n'ai jamais fait les boutiques comme les jeunes de mon âge.
- Tu te sens blessée face à leurs critiques?
- Les gens ont peur de ce qu'ils ne connaissent pas. Si les yeux noirs étaient courants, je serais acceptée.
- Moi je t'apprécie parce que tu ne ressembles à personne.
- Tu es bien le seul.
- Et alors cette sortie.
- A 10 heures demain.

On se rallonge dans l'herbe, pour bronzer au soleil.

Demain l'école reprend. On a pris du retard mais aujourd'hui je ne vais pas me concentrer sur les cours (comme d'habitude quoi). Je ne pense qu'à cette journée de bonheur avec Gila.
- Edouard tu viens ?

Elle est surexcitée ce que je comprends. Sa famille est pire que la mienne et on se sent beaucoup mieux lorsqu'elle est loin derrière nous. La matinée, je la consacre à faire visiter la ville à Gila. Elle n'arrête pas de prendre des photos ce qui pour moi ne sert absolument à rien. Et bien sûr, elle insiste pour que je pose avec elle. Les rues mettent déjà les premières décorations de Noël. Ensuite, on est allé au Quick, une première pour mon amie issue d'une famille d'aristocrates. Elle a toujours été habituée aux restaurants gastronomiques et à la nourriture de qualité. C'est donc la première fois qu'elle mange un hamburger. Quelle fille étrange…Rassasiés, nous retournons dans le centre-ville car Gila tient absolument à faire les boutiques. Je me tiens à l'écart car un homme, un vrai, ne fait pas de SHOPPING. Mais Gila sait se montrer convaincante et je finis par acheter un t-shirt noir. Au magasin des jeux vidéos, je retrouve enfin mon univers. C'est la folie et je montre toutes les nouveautés à mon amie. Qui s'empresse d'aller voir les livres. Un moment, je vois dehors, des jets d'eau se mettent en marchent. Plusieurs enfants s'amusent soit à se mouiller, ou pour ce qui ont des parents rabat-joie, à les éviter. On se prête au jeu et je prends un malin plaisir à éclabousser ma copine. On rigole haut et fort comme des gamins. Gila attend même l'arrivé d'un jet pour pouvoir y plonger sa main. C'est beau, on

dirait qu'elle a le pouvoir de l'eau.
Après s'être bien amusés, nous décidons de faire une dernière boutique. Un magasin de vêtements de luxe mais Gila a prit pas mal d'argent et de toute façon, c'est juste pour les louer. Je suis le premier à sortir de la cabine d'essayage. Je suis vêtu d'un costard très élégant. Je m'admire dans la glace en essayant de remettre mes cheveux bien en place. Autant demander au Diable de devenir gentil. Gila sort à son tour. Et je suis tout de suite ébloui par sa beauté. Elle porte une longue robe violette qui cache ses chaussures. Ses cheveux sont relevés en chignon ce qui lui donne vraiment un air de fille noble. Je l'invite à prendre mon bras.

— Alors on sort comme ça?

Elle acquiesce. La place est encore pleine de monde mais beaucoup moins que tout à l'heure. Le soleil se couche et une musique douce parvient à mes oreilles.

— C'est la musique sur laquelle nos parents avaient dansé, me rappelle Gila.
— Dans ce cas continuons la tradition.

Je lui prends la main et l'entraîne au centre de la place. Je n'ai jamais dansé le slow et j'espère ne pas me rendre ridicule mais pas seulement devant ma cavalière mais aussi devant les passants. Elle se serre

contre moi et nous commençons à danser. Les gens nous regardent, pas comme les collégiens qui faisaient des têtes bizarres, non plutôt avec envie. Au fur et à mesure que la musique avance, j'oublis les passants, j'oublis tout. Gila et moi sommes seuls au milieu de la piste. Certaines personnes commencent à nous imiter. Je ferme les yeux, bercé par la chanson. Mon amie pose la tête sur mon torse. Cette journée sera gravée dans notre mémoire à tout jamais.
Rien ni personne ne pourra rien y changer.

Avant de rentrer chez moi, je souhaite raccompagner Gila chez elle. Nous portons toujours nos belles tenues. Sur le seuil de la porte, on se fixe. Comme la première fois, sauf que là ça dure beaucoup plus longtemps. Elle me regarde comme elle ne m'a jamais regardé. Je sens mon cœur battre dans ma poitrine. Mon pouls s'emballe. Nous nous embrassons.

Chapitre 12

Ma chambre est mon refuge. Un endroit où je peux réfléchir en paix sans être dérangé. Ce baiser est la meilleure chose qui me soit jamais arriver. Mais Gila l'a interrompue, se souvenant qu'on ne devait pas être ensemble. Je sais qu'elle hésite. Soit elle sort avec moi maintenant, soit on attend la fin de l'apocalypse Chasseurs. Moi franchement, je préfère la première option parce que la deuxième n'est pas gagnée. Mon portable sonne ce qui m'arrache à ma rêverie.
« Rejoins-moi devant chez moi. »
C'est un SMS de Gila. Je m'en vais immédiatement. Mon père ne dit rien, il est habitué à me voir partir sans prévenir.

Les cours commencent bientôt et Gila m'attend. J'arrive en face d'elle impatient de savoir ce qu'elle a à me dire. Peut-être qu'elle a prit sa décision.

— Que voulais-tu me dire ?
— Je te demande de ne pas chercher à vaincre les Chasseurs. Tu es un voyant pas un guerrier. Et moi je t'aime.

J'entends enfin ce que je rêvais d'entendre depuis plus de deux mois. Mais ce qu'elle me demande est impossible. Je ne peux pas l'abandonner.

— Non, dis-je, ce que tu ne sais pas c'est que tu es en danger.
— Merci je suis au courant. J'aurai essayé de te dissuader au moins. Aller vient, on va rater les cours.

Elle enfourche son vélo et je fais de même. Cette discussion m'a rendu nerveux. Je ne sais pas pourquoi. Reprendre l'école s'est avéré plus difficile que je ne l'ai imaginé. Même Gila semble un peu perdue. Erick me fait un signe de la main à l'autre bout de la classe. Je devine qu'il veut me voir et me parler. J'accepte son invitation.

Quand nous sommes enfin libres, je viens le rejoindre. Il me salut mal à l'aise.

— Salut Edouard, tu vas bien ?
— Oui et toi ?
— Bof, et ta main ?

— Elle va mieux.

Il fixe ses chaussures. Bon j'ai compris, c'est à moi de faire le premier pas.

— Je suis désolé Ricky.

Ricky c'est son surnom. C'est moi qui l'ai inventé quand je l'ai rencontré. J'avais neuf ans. J'étais si triste de la mort de ma mère que j'étais un véritable martyre, toujours à taper tout le monde. Surtout lui parce qu'il ne savait pas se défendre, en tout cas il se battait comme une fillette. Me demandez pas comment on est devenu amis, je n'en sais rien, tout ce que je sais c'est que j'ai arrêté d'être un monstre au collège et qu'il a fait partie de ma bande de copains. Il s'excuse.

— C'est moi qui suis désolé. T'es mon meilleur copain. Même une fille ne peut pas nous séparés.
— C'est sûr.
— Tu l'aimes vraiment alors.
— Je serais prêt à mourir pour elle.

Il semble étonné mais c'est vrai. Je ne me vois pas vivre sans Gila. Cette dernière a suivi notre conversation et me sourit. Quelle espionne…Erick assiste à notre échange et ça n'a pas vraiment l'air de lui plaire. Tant pis pour lui, il reste quand même mon ami.

— Edouard pourquoi j'ai toujours l'impression que tu me caches quelque chose ?
— Tu comprendrais pas.
Il boude mais c'est mieux s'il ne le sait pas. Je passe le reste de la journée avec lui. Gila accepte de me laisser seul avec mon pote. À la fin de la journée, je n'imagine pas du tout ma dernière prophétie se réalisée. Pourtant quelques jours plus tard, je reçois un appel de Mr Graine:
« Edouard, Gila a été enlevée par les Chasseurs. »

Ils le font vraiment exprès, ils veulent vraiment que je finisse seul. J'embrasse une fille et elle disparaît. Je suis tellement en colère que je tourne en rond dans le salon des Graine. La grand-mère ne le supporte pas. Mme Graine à son mascara qui coule ce qui prouve qu'elle a beaucoup pleuré. Mr Graine cherche, grâce à la télévision, où sont partis ces « vauriens » comme il dit. Je m'assois à côté de lui sur le canapé histoire de me calmer. Aux infos, toujours la même présentatrice blonde. Elle raconte que dans le département de l'Essonne, plusieurs maisons ont été brûlés. Quand la caméra montre un homme poilu sur un sanglier armé jusqu'aux dents, elle ne peut s'empêcher de pousser un cri.
« Non mais vous avez-vus ça ? Tous les médias se

demandent ce que sont que ces terroristes car nos sources affirment qu'il y en auraient plusieurs. Il manquerait plus qu'ils attaquent la capitale. »

— On est mal, dit Mr Graine.

C'est sûr, ils sont déjà presque arrivés à Paris. Paris la capitale…MAIS OUI!

— Paris, la Tour-Eiffel. C'est là-bas que se trouve Gila !

Ils comprennent enfin et sont un peu soulagés de savoir où se trouve leur fille. Mr Graine annonce.

— Alors qu'est-ce qu'on attend ?

Nous fonçons dans la voiture qui je vous rassure se porte à merveille malgré le massacre de la dernière fois. Nous sommes euphoriques. Mme Graine est si survoltée qu'elle en oublie de refaire son maquillage. La vieille emporte plusieurs paquets blancs remplis d'herbe. Nous partons immédiatement et à toute allure. En chemin, je demande.

— Qu'est-ce qu'on va faire s'ils ont vus les Chasseurs ?

— C'est vrai petit. Ils ne peuvent pas vivre dans l'ignorance et je crois bien que le monde entier va enfin connaître l'existence des Chasseurs.

Chapitre 13

Je suis déjà allé à Paris. Une odeur de fumée me fait comprendre que les Chasseurs sont arrivés avant nous. Notre première mission est de récupérer Gila, ensuite nous irons dire la vérité au monde entier. Nous nous arrêtons devant la Tour-Eiffel. Impossible que Gila soit là-dedans, il y a beaucoup trop de monde. Nous faisons un détour par le parc et Mr Graine m'ordonne.
– Allonge-toi sur l'herbe !
Je m'exécute sans comprendre.
– Maman tu as apporté les somnifères.
La mamie sort de sa poche des cachets et je me demande bien pourquoi ils veulent m'en faire avaler. Robert comprend mon embarras et m'explique.
– On va t'obliger à dormir. Comme ça tes visions apparaîtrons et nous saurons où nous trouverons Gila.

J'accepte les somnifères, après tout je ne risque rien. Enfin je crois. Même si mes visions me donnent la trouille. Le sommeil me gagne et mes paupières se ferment.

« Mettez la fille là. Oui très bien. Edouard Casmère viendra, oui et là, tuez-le ! »
Le Diable est si excité que son rire devient ridicule. Seuls les Chasseurs peuvent l'entendre. Gila elle, est paillonnée, ligotée et posée contre des tabourets derrière un bar. Oui ils sont bien dans un bar. Que voulez-vous ils avaient soifs. Les monstres s'assoient pour déguster un repas. Des animaux qu'ils ont dû chasser. Ils dévorent avec une telle férocité que s'en est répugnant. J'essaye de me retenir de vomir, tout comme Gila. Qui n'aura rien à manger d'ailleurs. De toute façon, moi à sa place, j'aurai perdu l'appétit. Les Chasseurs se mettent ensuite à renifler partout, de vrais bêtes sauvages. Leur langage est leurs grognements. Hunter est le plus horrible de tous, des bouts de viande restent collés à ses poils, sa bouche est pleine de sang, ses grognements sont effrayants. On dirait que la seule chose qu'il sait dire c'est « Edouard Casmère ». Apparemment je suis devenu une obsession. Mais cette scène ne donne pas du tout envie de rire, plutôt de partir en hurlant. Sauf que moi je dois endurer le spectacle, enfin le massacre, jusqu'à mon réveil.

— Alors ?

J'ouvre péniblement les yeux. J'ai du mal à m'adapter au soleil quand j'ai passé plusieurs heures dans l'ombre. Les Graine attendent ma réponse.

— Elle est dans un bar, je ne sais pas lequel. Ils attendent que je vienne.

— J'ai une idée, dit Mr Graine, on va attendre la nuit pour agir. Si un des bars de la ville n'est pas éclairé nous aurons notre réponse. Toi Edouard tu restes dans la voiture histoire de ne pas être tué.

J'aimerai protester sauf qu'il a raison, ils veulent que j'arrive jusqu'à eux.

Donc le soir venu, ils partent et moi je reste. N'empêche, j'ai peur qu'ils leur arrivent quelque chose. Quinze minutes plus tard, toujours rien. J'en peux plus de rester sur le siège conducteur à faire semblant que je conduis. Oh, mais j'ai une idée. Bien fort, je prononce :

— Si seulement cette voiture pouvait démarrer toute seule et écraser quelques Chasseurs au passage.

Les phares s'allument et l'auto commence à rouler. Je pousse un cri de joie.

Deux minutes plus tard, je me retrouve dans le bar mais toujours dans la voiture. J'ai démolis le mur et bien écrasé quelques Chasseurs. Leur sang noir coule sur le sol. Gila toujours prisonnière est pétrifiée d'horreur. Son père, lui, me regarde avec un air de reproche, auquel je réponds.

— Ben quoi ? Je vous ai sauvé non ?
Mme Graine défait les liens de sa fille pendant que son mari me vire de la place conducteur. Avant qu'on parte d'ici, je me prends un verre de coca au bar sous l'œil désapprobateur de la vieille. Je repose mon verre et monte dans la voiture. Mr Graine annonce que demain, la deuxième partie du plan aura lieu.
Pour ce soir, on s'arrête devant un hôtel parisien. Nous prenons trois chambres, deux avec un grand lit et une avec deux lits séparés. Mr Graine qui ne me fait plus confiance, m'oblige à dormir dans la même chambre que la grand-mère, là où il y a les lits séparés je vous rassure. Et croyez-moi ou non, elle ronfle! Avant d'aller se coucher, nous regardons les informations. Le type à qui appartient le bar n'est pas content du tout. Après nous être enfuis, les Chasseurs ont brûlé ce lieu et sont partis. Bien sûr, le mec lui n'est pas au courant. Lui a perdu son bar et moi j'ai perdus ma dignité en partageant une chambre d'hôtel avec une vieille.

— Vous avez une annonce à faire ?

Une jeune femme à la queue de cheval brune nous regarde perplexe. Nous sommes à l'entrée des studios de diffusion, prêts à passer à la télé. Je fais vraiment tâche car contrairement aux Graine, je n'ai pas mis d'habits propres.

« Voyons Edouard soigne un peu ton image, avait dit Mme Graine. »

Ce que j'aurai voulu dire à ce moment-là c'est: non merci, je ne veux pas être comme vous, ressembler à une poupée barbie. Il est vrai que sa peau est aussi lisse que de la soie et ses vêtements sont beaucoup trop voyants à mon goût. Elle n'a rien à voir avec ma mère alors qu'est-ce qu'il lui trouve Robert? Ce dernier déclare.

- Oui nous devons faire un témoignage sur ce qu'il s'est passé dernièrement.
- C'est-à-dire ?
- Ben vous savez, les incendies.
- Quels incendies ?
- Vous ne regardez jamais les informations ?
- Non monsieur, j'ai des choses plus importantes à faire. Comme consacrer mes journées à jouer aux jeux vidéos.

Je rêve, une geek, ça c'est ma chance. Je suis le seul

ici à parler le langage jeux vidéos donc le seul qui peut communiquer avec la secrétaire. Je m'approche de son bureau et lui pose toutes sortes de questions sur les jeux les plus connus: zelda, GTA5, mario… Elle me questionne elle aussi et je suis content car ça fait longtemps que je n'ai pas parlé avec quelqu'un qui vit sur la même planète que moi. Mais Mr Graine nous interrompt.

— Bon excusez-moi de vous déranger, mais il serait peut-être temps qu'on entre.

Elle observe Mr Graine l'air de dire « rabat-joie », puis elle me sourit et dit.

— Vous pouvez y aller. Mon grand, il faut vraiment qu'on se fasse une partie un jour.

Je lui rends son sourire et nous pénétrons dans une salle où à dix heures, sera tourné en direct les informations du matin. Mr Graine explique à un monsieur ce qu'on fait là. Quant à moi, je me sens un peu nerveux. Puis il se met au centre de la pièce, devant les caméras et à la bonne heure, ça tourne.

— Bonjour, salue-le présentateur, nous sommes le dimanche sept décembre et nous accueillons aujourd'hui un invité surprise. Il se prénomme Robert Graine, il vient d'Irigny. Écoutons son témoignage.

— Pourquoi il n'y a que lui qui joue les vedettes,

se plaint sa femme ?
— Bonjour la France, vous savez qui je suis parce que le présentateur vient de vous le dire. Je voulais vous parlez de ces dangereux pyromanes qui n'hésitent pas non plus à tués. Sachez que ces hommes ne sont plus humains. Vous n'allez sûrement pas me croire, mais je vous dis la vérité et si vous croyez que je mens eh bien tant pis pour vous. Ceux qui vivent à Irigny peuvent confirmer qu'il y a une forêt toute noire. Ces créatures ont été enfermés là-bas parce qu'ils étaient sous l'influence du Diable. Le mal existe, je suis bien placé pour le savoir, je suis leur geôlier. Ma famille a toujours empêché ces disciples du Diable, les Chasseurs, de s'enfuir de leur repaire. Jusqu'à aujourd'hui.
— Et vous avez un plan, demande-le présentateur.
— Bien sûr, Edouard viens ici s'il te plaît !
Je m'avance face aux caméras, les joues en feu.
— Ce garçon est assez stupide, mais il a déjà réussis à combattre les disciples du Diable, pas toujours de manière très intelligente mais bon.
— C'est bon on a compris !
— Bref, je suis sûr qu'il réussira à attirer les

Chasseurs jusque chez eux. Nous pouvons faire brûler la forêt à condition qu'il y est de la chair tendre à l'intérieur. On aura besoin de beaucoup de viande récemment tuée.

Je mets un long moment à comprendre qu'il parle de mon don. Les personnes dans la salle se regardent les yeux ronds, l'air terrifiés. Les avis sur le sujet sont partagés. Les caméras s'éteignent.

— Robert que fait-on maintenant ?
— À ton avis, on rentre à Irigny. Je n'aimerai pas manquer notre plan.
— Notre plan ?
— Ben oui, à nous deux on va bien trouver une solution.

Je suis super content de cette marque de confiance; si bien qu'en rentrant à l'hôtel, je rayonne de bonheur. Mr Graine doit donner de mes nouvelles toutes les heures à mon père car celui-ci se demande tout le temps où je suis. En même temps, je le préviens jamais. Je suis parti si précipitamment à Paris que j'en ai oublié mon chez moi. Mais ça y est, nous sommes de retour en pleine forme. Christina discute avec les médias à la porte qui ont assiégés cette propriété privée. Ce qui agace profondément Robert. Nous avons laissé qu'une seule personne rentrer: le président de la République. Après ce qu'à dit Mr Graine à mon sujet, il veut tout savoir sur moi. Surtout, il veut savoir si avec Robert nous avons un plan. Pourquoi, on n'arrête pas de me stresser? Après cette grande visite et le repas, Mr Graine et moi passons la journée à chercher une solution pendant qu'à Paris, les disciples du Diable continuent de tout détruire.

Chapitre 14

Cette nuit, j'ai rêvé que les Chasseurs revenaient toujours obsédés par leur soif de vengeance qui est de me tuer. C'est toujours très sympathique. Robert m'a annoncé alors qu'il était temps de mettre notre plan en marche. Moi avoir un plan, j'ai cru halluciné. Dire que c'est moi tout seul qui est eu l'idée. D'après mes songes, l'ultime combat se fera ce soir. Soit ça marche, soit on crame, c'est aussi simple que ça. Les journalistes s'en vont, ils n'ont pas très envie de rencontrer des démons. Seul le président reste à nos côtés. La seule chose que j'aimerai lui dire à cet instant c'est de faire interdire l'école, mais mon instinct me souffle que ce n'est pas le bon moment. Je repasse une dernière fois chez moi avant le grand moment. Je joue encore sept heures sur les jeux vidéos avant de retourner chez les Graines. La nuit tombe enfin et je suis glacé. Tout le monde m'attend, placé à côté de la

forêt Sombre. Gila accourt.
- Edouard je ne comprends rien à ce qui ce passe. Père dit que vous avez un plan. Qu'est-ce que c'est ?
- Un plan de génie, affirme-t-il, comme je l'ai dit à la télévision, nous allons enfermer les Chasseurs d'où ils viennent et utiliser leur propre arme contre eux….le feu.
- Oui je sais mais comment vous comptez les attirez jusqu'ici.

Là son père reste muet. J'aimerai ne pas pouvoir parler moi non plus, mais je ne peux rien cacher à Gila.
- C'est moi qui vais servir d'appât. Ils veulent ma peau, alors ils devront me pourchasser.

Elle comprend enfin ce que cela signifie. Son visage prend alors une expression d'horreur.
- Non Edouard tu ne peux pas entrer dans la Forêt des Ténèbres. Tu vas mourir.
- Je n'ai pas le choix. Et puis peut-être que c'est mon destin après tout. L' Âme du mort a dit que je ne mourrai que par sacrifice.
- Non Edouard je refuse ! Père il y a sûrement une autre solution.
- C'est Edouard qui a décidé de faire ça. Il le fait

pour nous protéger parce qu'il t'aime.
- Oui il a raison Gila, je t'aime et je ne veux pas qu'il t'arrive quelque chose.
- Et moi je ne veux pas que tu meures pour moi, s'écrie-t-elle furieuse !
- Ne t'inquiètes pas, je vais tout faire pour rester en vie.
- Gila, dit Mr Graine, nous connaissons les risques et nous savons que nous pouvons mourir.
- Mais Edouard n'est pas un gardien !
- Gila je vais revenir, tu m'entends, je ne te laisserai pas tomber. La suite du plan consiste à ce que je rejoigne l'autre bout où vous allez m'attendre. Quand je serais sorti, ton père déclenchera la barrière. J'ai donc une chance de m'en sortir.

Et je l'embrasse tendrement. Ses larmes mouillent mes joues. Puis je me tourne vers Mr Graine.
- Merci, vous avez toujours été comme un père pour moi.
- Et toi comme un fils. Tu me fais tellement penser à ta mère au fond.
- Je ne vous décevrai pas.

Il me serre dans ses bras ce que je ne m'y attendais

pas du tout. Christina l'imite, même la vieille !
— C'est vous ma famille, vous avez toujours été bons avec moi. Je sais que je fais partie de votre monde. Je ne vous oublierai jamais.

J'ai l'impression de leur dire adieu pour toujours. Je refuse cependant de pleurer, je dois rester fort. J'adresse un dernier regard vers eux, avant d'apercevoir au loin, mes ennemis.
— Je suis là, je hurle !

Ils sont trop loin pour m'entendre. Je décide alors d'utiliser mon pouvoir.
— Suivez-moi dans la forêt !

Je les vois sur leurs sangliers, galopant dans ma direction, ça marche. Je m'enfuis en courant à travers les arbres noirs. La dernière chose que j'entends, c'est Gila qui crie.
— Edouard !!!

Je cours aussi vite que je peux pour échapper à mes assaillants. Mes pieds me font déjà atrocement souffrir. Mais je continue, c'est ma vie qui en dépend. Les Chasseurs sont rapides, mais ils ne peuvent pas m'atteindre à cause des branchages. Ces derniers ne me facilitent pas la tâche non plus. Ils s'accrochent à mes mains, à mes vêtements, à mes cheveux qui ont commencé à repousser. La douleur

est encore plus atroce à l'intérieur qu'à l'orée de la forêt. Une douleur que je ne peux décrire tellement elle est horrible. C'est comme si on m'avait arraché le cœur, comme si j'avais une épée dans ma poitrine, comme si on était en train de me torturer.
« C'est la forêt qui te tue » avait dit Gila, et elle avait raison. J'entends le Diable rire d'un rire sournois. Il faut absolument que je garde une longueur d'avance sur mes poursuivants. Il fait si noir que je n'arrête pas de me cogner et de trébucher. Seule la lune éclaire mon chemin. Si seulement je pouvais rester en vie. Je sais que c'est sans espoir, que cette fois ça ne marchera pas. Je me rappelle très bien les règles : je ne peux changer l'avenir et je ne peux m'en servir seulement pour moi. Oui c'était écrit, je ne peux être sauvé.
« Tu ne mourras que par sacrifice »
Je sais maintenant ce que cela signifie. Je me demande si le rêve que j'ai fais un jour sur celle qui ressemblait à Gila adulte et ses enfants n'étaient pas un songe envoyé par le Diable mais bien une prédiction. Aurai-je prédis son avenir ? Maman a tout sacrifiée pour que j'ai la vie sauve et je suis en train de faire la même chose qu'elle. Et je serais prêt à tout, même à bien travailler à l'école, si j'arrive à sortir d'ici en un seul morceau. Mais la douleur est si

insupportable. Je suis à bout de souffle. Je ne suis pas du tout sportif et je regrette d'avoir passé tant de temps sur ma console. Mes souvenirs défilent dans ma tête.
« Tu seras vite possédé toi aussi ou pire….tué. »
« Edouard Casmère sera comme tous les autres, il mourra. »
« Tu ne sais pas obéir aux adultes et c'est ce qui causera ta perte. »
«Elle a rêvée que son fils mourra.»
« Je porte malheur, c'est à toi qu'il arrivera quelque chose. »
Je sais à ce moment que je ne peux pas lutter. Je vais mourir, tel est mon destin. Depuis le début. J'ai tellement mal que je trébuche contre un arbre qui n'essaye pas de m'agresser. Il faut que je vive pour Gila. J'essaye de prendre de l'élan en faisant le tour du chêne. Pour voir le poignard se planter dans mon ventre.

Chapitre 15

L'attente fut interminable. Le président était nerveux mais nous encore plus. Nous, nous voulions retrouver Edouard vivant. Pendant un bref instant, une douleur lancinante a transpercé mon âme. Je n'avais jamais ressenti ça auparavant, mais mon père a dit que ça lui était arrivé une fois. Au moment où Émeline est morte. J'ai su alors que ça lui était arrivé à lui aussi. Mes craintes se sont confirmées quand les Chasseurs sont apparus sans leur proie. Edouard était mort. La douleur était pire encore, mais cette fois, elle venait de mon cœur. J'étais déchirée. Je me suis mis à genoux en pleurant à chaudes larmes. J'ai vu mon père déployé la barrière transparente juste à temps. Certains de ces monstres se sont fracassés le nez si bien qu'ils ont laissés des traces de sang sur leur cage invisible. Nous sommes retournés chez nous. De ma fenêtre, j'ai vue la forêt brûler et avec elle, mon meilleur ami…que j'aimais passionnément. Je sentais qu'il n'y avait plus de ténèbres. Une partie de moi s'était envolée. Notre jardin était couvert de cendres. Le ciel était rouge sang, c'était la première fois que je voyais le Diable. Je n'ai pas pu dormir cette nuit-là.

Ce matin, je retourne chez moi mais après l'enterrement. Même si nous ne pouvons pas retrouver les cendres d'Édouard, j'ai tenue à construire une croix en carton peint en blanc et à la plantée dans le jardin. Dans les informations, on ne parle que de lui. Je ne suis donc pas surprise de voir de nombreux inconnus venir déposer des fleurs. Bizarrement, il n'y a pas Bruno et son père mais toute l'école est là ainsi qu' Erick, le président, la secrétaire et bien sûr, ma famille et moi. Au final, presque tout notre jardin est couvert de magnifiques fleurs ce qui fait râler grand-mère. J'aperçois tout devant la croix, Mr Casmère en train de pleurer. Je viens à sa rencontre et lui tends le petit papier plié en quatre. Cette lettre qu'avait écrit Edouard pour son père.
« Je sens que ce n'est pas le bon moment » avait-il dit.
On dirait qu'il avait prédit qu'il allait mourir. C'est donc le bon moment pour le faire. Mr Casmère lit le

message. Il sourit et ses larmes se sont transformées en larmes de joie. Bien qu'il soit presque chauve, il ressemble beaucoup à Edouard enfin c'est lui qui ressemble à son père. Mon père à moi me serre dans ses bras. Je n'ai jamais été aussi proche de lui qu'à cet instant. Puis le président vient nous voir.

— Ce n'était qu'un garçon de quatorze ans. Il est peut-être mort. Mais c'était un grand héros.

Il s'éloigne. Nous sommes en début décembre et alors qu'il y a quelque temps, le froid s'installait ; aujourd'hui une douce chaleur arrive pour nous réchauffer après ces jours obscurs.

Je fais ma valise. À part des vêtements il n'y a pas grand-chose à mettre. Toutes mes affaires sont dans ma maison à Lyon et je vais bientôt la retrouver. J'ai revêtu une robe noire en signe de deuil. Je m'admire dans le miroir. J'ai l'air triste et pâle, dans une jolie tenue. Mais quelque chose me semble différent. J'ai soudain l'impression que ce n'est pas mon reflet. Et puis je finis par trouver. Mes yeux dans le miroir ne sont pas noirs mais verts clairs. Comme ceux de ma mère. La magie noire est partie et notre pouvoir avec lui. Et si c'était pour ça qu'Édouard me donnait l'impression d'être normale. Je suis enfin comme les autres. Devant moi se tient une fille qui rayonne de bonheur et non plus d'une mélancolie sans fin. Je

descends dans l'entrée avec mon maigre bagage. Mes parents sont prêts. Pour la première fois, je peux admirer les yeux de mon père ; ils sont marrons comme grand-mère. Un marron plus sombre que ceux d'Edouard. Il prend ma petite valise pendant que j'embrasse grand-mère. Elle promet de venir nous rendre visite souvent. Je n'aurai jamais le courage de revenir dans cet endroit. Trop de mauvais souvenirs. La voiture se met en route. J'ouvre la vitre pour laisser passer l'air dans mes cheveux. Je suis aveuglée par le soleil. Tout va pour le mieux, je vais rentrer à la maison, aller dans un nouveau collège où on ne me connaît pas. Peut-être que je pourrai enfin avoir des amies. Je me réjouis à cette idée. Ma mère aussi semble soulagée de ne plus avoir à supporter ce fardeau, même si elle n'a pas de pouvoirs comme grand-mère puisqu'elles ne sont pas issues directement de la famille Graine. C'est juste que c'est dur de vivre comme ça dans la peur.
C'est une nouvelle vie qui commence.

Ma maison m'a tellement manqué, j'avance doucement vers la porte avec mes parents. Sans savoir pourquoi, une petite voix dans ma tête me dit de me retourner. J'aperçois au loin, deux silhouettes aux cheveux marrons bouclés. L'une est une femme, l'autre est un grand garçon. La femme a des yeux bleus pâles, le garçon a un air de canaille. Ces formes n'apparaissent que pendant quelques secondes. Je reprends mes esprits et je rentre.

Épilogue

29 ans plus tard,

Le camion de déménagement est là. Notre voiture se gare devant notre nouvelle maison. J'ai toujours rêvé de vivre sur une île ; mais ce n'est qu'après de nombreuses années que j'ai pu réaliser ce rêve. La boîte aux lettres a maintenant le nom des Brove sur son étiquette. Marc sort de la voiture avec moi. Il a de beaux cheveux noirs et des yeux d'un marron si clair, qu'ils me font penser à du caramel. Je l'ai rencontré dix ans après la fin de mon rôle d'apprentie gardienne. Il connaît mon histoire, nous n'avons aucun secret l'un pour l'autre. J'enlève du siège bébé Léo notre dernier né. Il n'a que quelques mois mais pour l'instant, c'est le portrait craché de son père. Enfin les deux filles et le garçon se décident à sortir. Ma fille aînée possède deux longues couettes brunes ainsi que mes yeux verts clairs. Tout comme moi, elle est très fêtarde mais plus sociale comme Marc. Même si j'ai réussis à me faire quelques amies, je reste quelqu'un qui a du mal à faire confiance aux autres. Contrairement à Marc mais lui sa principale qualité c'est qu'il est tourné vers sa famille. C'est ce que j'apprécie chez lui. Malgré le fait qu'elle ait dû abandonner toutes ses copines, Émeline semble aussi ravie que moi d'emménager ici. En même temps, ils sont tous super contents. Cet endroit est magnifique. Lilou gambade, très excitée, en tenant son lapin blanc dans sa main. Elle essaye d'attraper un papillon. Elle a quatre ans, il faut donc la surveiller de très près pour ne pas la perdre. Non mais parce que ça lui est déjà arrivée plusieurs fois. Lilou me ressemble autant que Léo ressemble à son père. J'ai été habituée à une éducation d'aristocrate et Marc à une vie assez cool. Donc nos quatre enfants ont un peu de ces deux modes de vie. Une petite voiture roule sur l'herbe de notre nouveau jardin. Le cadet de la famille tient la télécommande. Ses cheveux blonds cachent un peu ses yeux marrons clairs. Lilou balbutie.

— Veux ….jouer.

Son grand-frère de dix ans la prend par la main et

viens vers moi.

— Maman est-ce qu'on peut aller jouer dans le jardin ?

— D'accord, mais il faut aussi que vous visitiez l'intérieur. Vous allez voir c'est très beau aussi.

— D'accord maman. À toute à l'heure.

Les deux blondinets s'éloignent en courant. Avant d'oublier je crie.

— Edouard ! Surtout fais attention à ta sœur !

Mon fils acquiesce et Lilou le suit aussi vite qu'elle le peut. Émeline, mon mari et moi gravissons les marches qui mènent au porche. Je tiens toujours Léo dans mes bras. C'est l'un des plus beaux moments de ma vie.

C'est un nouveau chapitre.

Je remercie de tout mon cœur mes parents pour leur aide, leurs conseils et leurs encouragements. Je remercie également Caroline de m'avoir aidé pour mon livre ainsi que Margaux.

Je remercie mille fois ma famille et mes amis de croire en moi. Je vous aime.